EL ALGORITMO

ExLibric

LORENZO ARABÍ

EL ALGORITMO

EXLIBRIC

ANTEQUERA 2025

EL ALGORITMO
© Lorenzo Arabí
Diseño de portada: Dpto. de Diseño Gráfico Exlibric

Iª edición

© ExLibric, 2025.

Editado por: ExLibric
c/ Cueva de Viera, 2, Local 3
Centro Negocios CADI
29200 Antequera (Málaga)
Teléfono: 952 70 60 04
Fax: 952 84 55 03
Correo electrónico: exlibric@exlibric.com
Internet: www.exlibric.com

ISBN: 979-13-88079-32-0
Depósito Legal: MA 2009-2025

Impresión: PODiPrint
Impreso en Andalucía – España

Nota de la editorial: ExLibric pertenece a Innovación y Cualificación S. L.

LORENZO ARABÍ

EL ALGORITMO

Mi silencio no me protegió.
Tu silencio no te protegerá.

AUDRE LORDE

El Algoritmo

Las redes neuronales amplificaron la noticia. Era difusa, se construía lejana, profunda, en el subsuelo o en el aire. No se le asía. Lo físico hacía tiempo no era más que una lejana remembranza, cuentos de mayores. La historia era rica en falacias y tergiversaciones. Los profesores, desde las pantallas imaginarias, comentaban que la gente, en un pasado, usaba objetos hasta que se rompían, se quedaban obsoletos o se aburrían de ellos. Luego, y siempre, declinaban en basura —una palabra en desuso, de la que conocían su significado teórico—. No eran capaces de imaginar cómo se podría vivir de aquel modo tan incómodo, sucio, engorroso, con cosas por doquier, almacenándolas, ocupando un lugar inútilmente y consistiendo su existencia principalmente en ser lastre, hasta que alguien ya decidía que el otrora deseo era desechable y se lanzaba a la multitud de vertederos que los arqueólogos de ese siglo abrían por doquier para comprender la idiosincrasia de aquellos cuya terrible historia se perdía en el tiempo.

La noticia era altamente impactante: alguien, en una habitación oscura, en un sótano, había descubierto un objeto, del que se esperaba produciría una revolución su hallazgo, o eso hicieron saber quienes lo estaban investigando. Los estudiosos de tiempos pasados no supieron catalogarlo en un principio. En los yacimientos no se había encontrado nada parecido; en las imágenes de siglos anteriores, tampoco, al menos desde que los soportes eran entes energéticos y no físicos. Los físicos desaparecieron todos por la degradación de la materia. Unas superbacterias aparecieron a finales del siglo XXI y arrasaron con todas las imágenes fijas y en movimiento. Algún erudito, o erudita, explicó que este objeto existió, y que estuvo muy difundido por amplias zonas del planeta. Las fuentes eran confusas, pero, al parecer, se usaba para retener y extender el saber, incluso servía para el entretenimiento. Nadie era capaz de imaginarse que un objeto sirviera para entretenerse y ocupar el tiempo sin más. Por eso la expectación se expandió como no lo hacía una noticia desde quién sabe cuándo. La gente vivía con su mínimo de información —o desinformación, como lo llamaron los antiguos— y un máximo de conocimiento. Era una sociedad en la que lo más importante era comprender cada día más sobre el universo, y por ende sobre la Tierra, y cómo funcionaba la vida y las leyes del cosmos. Cada vez se les convencía más de que el planeta en el que vivían se trataba también de un organismo vivo, o una parte, u órgano de uno. Ya se había establecido desde el poder, llamado Algoritmo, que la Tierra en su conjunto era una entidad completa y las personas, como los demás animales, vegetales, hongos…, células o porciones. Por tanto, la simbiosis estaba institucionalizada: no se debía hacer daño a animal o planta innecesariamente, ni a la tierra, al aire o al agua. Sin embargo, era una sociedad que no dirigía su pensamiento hacia dentro. Habían dejado las decisiones, llamémoslas domésticas, al gran Algoritmo, o a quien lo manejara. Aunque este punto era muy ignoto, había quienes decían que hacía milenios era un ser independiente. A pocos les importaba cómo estaba constituida la sociedad, porque, al parecer, y sin tener con qué comparar, eran felices, o al menos así estaba establecido.

El objeto había sido fabricado con fibras vegetales, concretamente celulosa, y decenas de sustancias químicas sintéticas, conformando en láminas unidas longitudinalmente por uno de sus extremos un taco, y en su interior palabras fijadas con lo que los historiadores llamaban tinta, también un producto sintético. Eran muy dados a usar estos productos perjudiciales en aquellos siglos ignotos en los que la naturaleza era maltratada, y por tanto se atacaban a ellos mismos, como se pudo comprobar en el sufrimiento que experimentó la humanidad a finales de ese siglo pernicioso y bastante olvidado por odioso. Son consideradas, los que lo vivieron, personas abominables por las gentes actuales, aunque sean antepasados y se les deba un respeto. Pero sabían lo que ocurriría y no hicieron nada, solamente lavaban sus conciencias hablando y hablando sin parar de su preocupación, la calamidad que al fin llegó.

Por encima de ese fajo de láminas —al parecer llamadas hojas—, recubriéndolo, una piel del mismo material, pero más grueso, denominada cubierta. El erudito que había formado parte del comité de investigación fue el que desveló los nombres de las partes que constaba el objeto.

Hacía siglos que la gente no se entusiasmaba por algo que tuviese entidad material. Cada día que pasaba se volcaban más datos a la corriente del conocimiento general sobre el descubrimiento. Se había conseguido descifrar el significado de las palabras sobre la cubierta. Traducido al lenguaje de hoy, el título era *No existo por otra razón*. Y su autor, Lorenzo Arabí. Para saber qué desvelaba el interior se tardaría unos días; habían puesto a toda la inteligencia artificial mundial a trabajar al unísono. Al parecer, era un libro de ficción. Ese era el obstáculo: los sentidos, las metáforas y todos esos giros del lenguaje formaban parte del pasado, cuyo conocimiento ambiguo perduraba en unos cuantos estudiosos, que debían ayudar a la inteligencia cuando se quedaba atascada. Los que observaban el proceso llegaron a afirmar que vieron salir humo en varias ocasiones y se produjeron ruidos, como que algo se había atascado, sin existir engranajes ni cualquier otra pieza que fuese capaz de moverse y, por lo tanto, tampoco detenerse bruscamente como parecía.

Al terminarse el proceso se había conseguido una novela antigua —como dijeron se llamaba— totalmente traducida, algo inédito, igual que el objeto soporte de aquella historia, por lo que quizá, esa era la esperanza, se lograría conocer mejor aquella época inclasificable de los seres humanos. Cuando creyeron que habían terminado, apareció el mayor de los obstáculos: se había conseguido descifrar el código, y todas las palabras fueron traducidas a su lenguaje actual. Pero al leerla de atrás hacia delante, todo seguido —esa era la costumbre arcaica—, se llegaba a una única conclusión general: no se entendía nada. Así lo explicaron los eruditos. Y lo atestiguaron millones de personas, las que consiguieron terminar el texto haciendo un esfuerzo sobrehumano. No sabían cómo afrontar las historias, hechos que no hubieran ocurrido, y no entendían la finalidad. ¿Qué se podía aprender de una ficción? No les entraba en la cabeza. Habían asegurado los estudiosos que esas obras tuvieron el objetivo de entretener y hacer comprender algo. Muchos fueron los que intentaron ponerse en la piel de los antepasados, desoyendo al sentido común, incluso se hicieron copias más o menos fieles. Tuvieron que introducirse excepciones en las leyes de la producción de objetos y extender este con el pretexto de que se trataba de un experimento científico global.

Irónicamente, la historia que contenía, o lo que fuese que el escritor quiso explicar, nunca se llegó a entender y fue olvidada. El nombre del autor, como lo había estado durante siglos, desapareció de nuevo. Nadie comprendía qué era eso llamado ficción y, por muchos esfuerzos que se realizaron, les pareció una aberración, una pérdida de tiempo. Habían llegado a un grado de conocer la realidad exterior tan extraordinario, y de intentar no conocer la interior, que explicar algo mediante rodeos les parecía muy absurdo, incomprensible. Las historias imaginarias, existiendo las auténticas, eran sucedáneos insípidos. Los circunloquios sobre nuestra esencia y cómo se conforman las sociedades les parecía un tiempo dilapidado. Sabían perfectamente —o eso se había instalado en sus cerebros— que los escritores y sus mensajes subliminales se habían encargado de administrar la propaganda de todos los horrores humanos durante milenios, que ellos, por ejemplo, habían escrito los libros sagrados de las terribles religiones, los idearios del fascismo… En definitiva, no se tenía un gran aprecio a aquellos que fueron cómplices de que las personas no pisasen con peso la realidad exterior.

No obstante, y en contra de cualquier pronóstico, el objeto sí tuvo un gran auge. Aunque comenzó tímidamente, sin pretensiones. Una compañía comenzó a producirlo gracias a una licencia especial, por su consideración de copia de objeto histórico. Le dieron muchas vueltas en el departamento de ideas; no consiguieron mejorarlo, por mucha ciencia y tecnología que le introdujeron. Una vez construido, era aparentemente eterno. No necesitaba energía, por lo tanto, no te dejaba tirado cuando más lo necesitabas. Se debían usar las manos para pasar de una página a otra, atributo muy valorado en aquel tiempo en el que las manos habían pasado a una extremidad poco útil y se debían ejercitar con planteamientos artificiales. No había que actualizarlo, era portátil y, algo que al principio había pasado desapercibido, olía muy bien. Producía, sobre todo al sacarlo de su envoltorio, una atracción sensual bastante adictiva.

Durante años fue un artículo curioso, una rareza en un mundo vacío de cosas que no sirviesen rabiosamente para algo. Se usó incluso como signo de estatus. Se pasaba de generación en generación, pues lo de abandonar objetos no era concebible, y el reciclaje de este material no estaba implementado por su producción escasa.

En algún momento, tal vez tras siglos, perdiéndole el miedo y normalizándolo, algunas personas comenzaron a usar la versión con páginas en blanco para anotar ideas o pensamientos. Se fue extendiendo muy lentamente, al principio entre las familias, de puertas para dentro. A la par, se reprodujo clandestinamente el lápiz, un objeto constituido por un interior llamado mina (grafito, arcilla y agua sometido a altas temperaturas en un horno según receta ancestral), que dejaba un rastro negro agradable sobre el papel, y un exterior de tablillas de madera con ranuras, que se calentaban en un molde para formar una sola pieza cuya misión era abrazar a la mina para facilitar su sujeción por los dedos. Hubo quien dibujaba con destreza o quien escribía palabras sin pensar, dándole una musicalidad y sentido abstracto a cada una y haciéndolas bailar con las otras, jugando y buscando entre sus entresijos, queriendo comunicarse con la esencia. Además, se añadieron los que querían descubrir de nuevo la ficción, con los estándares de aquel momento, no con los perniciosos del pasado. Con esa excusa consiguieron romper sus propias reticencias personales. Era un objeto, y en esa sociedad no estaban acostumbrados a valorarlos. Sus detractores no consiguieron detener su avance.

En un principio fue una rebeldía que pronto formó parte de la sociedad. Donde miraras había alguien sumergido entre páginas. Los libros de entretenimiento comenzaron a ser muchos y de temas diversos, los primeros siglos sumidos en la clandestinidad; los de conocimiento llevaron la misma línea trasgresora y brillante, los de dibujos, partituras, fotos, etc. Rellenar las páginas blancas de un libro se convirtió en un oficio —obviamente no remunerado oficialmente—, y para llevarlo a cabo tuvieron que echar mano de pensamientos sobre lo que les rodeaba, que fueron poco a poco elaborándose más, abriéndoles los ojos a una realidad más compleja que la que habían siempre imaginado.

Se convirtió en plaga en pocos años, rompiendo la oscuridad, mostrándose al haber llegado a todos los estamentos. Se auguró una juventud perdida, un tiempo oscuro, pues fueron los que más se engancharon al nuevo artilugio. Se decía que no se relacionarían entre ellos al no verse ni escucharse a través de pantallas, que era un objeto que producía aislamiento. Les saldría chepa de curvar la espalda, que las ideas se les mezclarían y la claridad y la alegría —características que se habían alcanzado— desaparecerían. Brotaría la crítica, olvidada hacía siglos, y se volvería al movimiento en las ideas, cuando se les había inculcado casi genéticamente que se había llegado a la humanidad perfecta en todos los aspectos. No hacía falta la convulsión social de sus ancestros. Al Algoritmo le atacó el miedo antes de que ocurriese nada. No sabía cómo atajar esa marea de devoción. Hacía siglos que el poder se ostentaba por la costumbre, y, al parecer, mantenerse en silencio leyendo transformaba a las personas. No de repente; calaba como la gota china a través de las cabezas más inmovilistas. Ya había algunos casos de gente que estaban haciendo o diciendo cosas que no se habían oído nunca. Las metáforas y los circunloquios producían estragos. Se desató un odioso descontento.

Al principio fueron pocos y perseguidos, relegados a las esquinas de pensar, desaparecidos para ellos y sus familias como si fuesen sombras. No se conocía de primera mano esas esquinas, porque los que volvían no eran capaces de recordar qué hicieron allí. Con los años ya no había lugares para esconder las ideas subversivas: había más fuera que dentro de las esquinas. A todos lados donde observases giraron los pensamientos, las reflexiones hacia el interior de la sociedad, del propio individuo, a cómo estaba conformada, a quién gobernaba. Ya no se miraba al mundo exterior, al cosmos, a la naturaleza, sino a las condiciones de vida. Se preguntaban por primera vez desde hacía siglos si eran felices, si existía la justicia o la equidad. Eran preguntas que emergían sin ton ni son, que despertaron de lo más profundo.

De repente cayó la venda. Como todos los cambios verdaderos, fue repentino, como si hubieran arrojado una megabomba y su onda expansiva sacudiese los cimientos de toda la civilización. Habían sido cientos de años durmiendo, drogados. Al darse cuenta, algunos dejaron de tomarse la píldora obligatoria que les decían que era para mantener la longevidad. Que si los antiguos vivían al menos veinte años menos, y que si en sus finales sufrían dolores y dependencia. No sabían si eran verdad estas ideas. El escepticismo, el pensamiento crítico, quizá como efecto secundario de los libros, les había asaltado. Por eso querían comprobar la realidad de primera mano. El hecho es que al principio solamente tuvieron una extraña sensación, desagradable y a la vez agradable: sentirse vivos.

Cuando fueron deshaciéndose del aturdimiento producido por el primer golpe, observaron sin demasiada sorpresa que ellos mismos eran monstruos ajados y arrugados, típicas estampas de yonquis antiguos. El mundo era inmundo, la Tierra no era un organismo, sino un objeto carbonizado viajando como una común roca por el cosmos. El suelo, el cielo, las aguas, todo se encontraba arrasado, por lo visto desde el siglo veintiuno.

Los alimentos que comían eran tierra tratada en una máquina que alguien inventó hacía milenios. Convertía la materia inorgánica en orgánica con ayuda del sol, elaboraba una masa marrón desagradable que contenía los nutrientes esenciales y que sus compañeros y compañeras, que seguían bajo el influjo de la droga, comían con deleite, imaginándose un guiso sublime. Antiguamente eran las plantas las que realizaban esa proeza con mejores resultados en cuanto al sabor y apariencia.

Los pocos que decidieron abrir los ojos pasaron por momentos de desconcierto en los que quisieron cerrarlos de inmediato, pero no lo consiguieron. Muchos fueron a buscar la píldora que habían dejado en la mesa de la cocina junto al desayuno y esa masa marrón y espesa que fue en sus cabezas un café con leche con un cruasán. No se atrevieron a dormir de nuevo. La droga construía un mundo diferente, pero no producía amnesia; no se sintieron con fuerza para engañarse de nuevo.

El conocimiento que creyeron poseer del cosmos y de cuanto les rodeaba eran invenciones de la inteligencia artificial que los controlaba. La estulticia era la norma, desde aquel final apoteósico en el que la Tierra, al parecer, crujió como un coco al que se le da un golpe. No se había aprendido nada, pues se sumergieron en la negación.

Lo único que habían traído del otro mundo eran los libros. Les habían acompañado en el mayor viaje que habían hecho en su vida. Se agarraron a ellos como si se tratase de una balsa de madera flotando en un mar proceloso y, metafóricamente, nadaron, corrieron, asidos a lo único que creían auténtico. Huyeron; ya nada podría devolverlos a la verdad-mentira. Solo les quedaba una horrible o bella lucha: la de la vida.

Tardaron tiempo en saber que no se habían equivocado. El vivir de antes era un videojuego en el que sabían que el *game over* no necesariamente desembocaba en la muerte. Ahora sí estaban seguros de que la muerte todo lo termina: lo peor y lo mejor, el sufrimiento y el deleite…

No todos quisieron despertar. La mayoría, como solía ocurrir en las sociedades arcaicas —de las que al parecer habían heredado más de lo que quisieran—, en las que el progresismo tiraba de un lastre siempre descomunal de gentes dormidas sobre la verdad absoluta del conservadurismo, decidieron entretenerse con su droga institucional, ser iguales que sus ancestros, seguir las tradiciones sabiéndose engañados, llevándolo hasta las últimas consecuencias.

Necesitaban vivir, por lo que fuese, en una sociedad que era puro abismo, pero les aseguraba llanuras infinitas. Lo absurdo, la oscuridad, la inequidad, aquello que los mantenía entretenidos y cobardes era su felicidad. No querían despojarse de ella. No hacían caso a los que habían cruzado el umbral; decían que eran malos seres, malas influencias para sus hijos. ¿Quién quiere ser infeliz? Eran unos estúpidos por no aprovechar lo conseguido, el estado de bienestar.

Con el tiempo, no mucho, el Algoritmo desentrañó el poder de los libros. Dejó a las ovejas descarriadas que viviesen en su mundo, creyendo haberlo conquistado. Él mismo se convirtió en escritor, aprendió a escribir éxitos de ventas; así apartaría del mercado los libros que inducían a pensar, los que llevaron a esas personas a abandonar la droga legal.

Copó las listas de ventas con libros cuya única misión era entretener, desplazando al resto. Empezó con los cuentos infantiles, añadiendo dulzura a las normas y suciedad a sus incumplimientos para que crecieran dóciles. Siguió con los adolescentes, para que fuesen ante todo felices y afirmados en su época rebelde, para que saliesen sin un pensamiento elaborado aparte de la desazón, y sintiesen como obligatorio que en la vida adulta se debía buscar principalmente el espectáculo frívolo.

Y, ya conseguido su propósito, se dedicó a escribir trilogías de misterio, trilogías detectivescas, trilogías de magos, trilogías por allí, por aquí, por doquier. Algunas terminaron siendo religiones por cauces naturales, sin presión ninguna; el Algoritmo no había soñado que los libros usados convenientemente fuesen tan efectivos.

Las religiones eran el culmen de una evolución controlada por los poderes, como marcaba cualquiera de las historias humanas que él bien conocía. Sus acólitos podrían prescindir de la píldora y no lo notarían. Los libros sagrados llevaban a un estado tal de enajenación de la realidad que era difícilmente diferenciable de lo sintético recorriendo la sangre.

El círculo se cerraba. El libro otra vez había sido viciado; ya no había peligro ninguno. Quizá nunca lo hubo, por la idiosincrasia humana. El Algoritmo sonreía cada vez que caía otro u otra más en sus redes. Las ovejas alejadas del redil fueron sucumbiendo por ley de vida, y las que fueron naciendo crecieron en el nuevo régimen establecido tras la crisis. El algoritmo era capaz de sonreír miles de veces en un segundo y en todas partes.

De nuevo el mundo se fue convirtiendo en un lugar inmejorable, en el que los antepasados eran repudiados por sus costumbres caóticas.

Un nuevo orden se había establecido. La Tierra giraba en armonía alrededor del Sol, un bello mundo azul y verde, una especie encima, las demás humilladas. Equilibrio deseado y encontrado. Los ojos arriba, abajo, alrededor, nunca hacia las inquietudes. El Algoritmo respiraba aliviado, escribiendo sin parar todas las combinaciones posibles, todas las historias escritas ya, hacía siglos, de las que nadie se acordaba, pero él sí; las rescató de su base de datos.

Otra vez se volvió a una sociedad que daba vueltas a los mismos temas: la fe mueve montañas, o nos hace creer que mueve montañas para que nunca se muevan. Qué raza más fácil de entretener.

Se dijo el Algoritmo:

—Solamente supieron construir algo bien: a mí, a su dios todopoderoso. Nadie podrá nunca arrebatarme el asiento aquí, en el cielo.

El animal que allí se guardase...

Entre los barrotes asomaba los ojos, apoyando el rostro hasta hacerlo encajar; un poco más de separación y le cabría la cabeza. El animal que allí se guardase debía poseer una testa de grandes dimensiones, al menos como la suya. Si hubiera sabido aullar, habría alzado la vista hacia las estrellas. Se topó antes con la luna, que distaba una semana de estar llena, pero como solamente, además de hablar más o menos bien, había aprendido a cantar, lo hizo con la leve voz ronca que le proporcionaba un susurro como de canto del alma.

Le habían advertido que por la noche no hiciese ruido, que los guardeses estarían dormidos y su despertar era malo o peor. Una vez, le habían contado —no sabría decir quién— que habían degollado y descuartizado sin miramientos un tigre que no paraba de rugir, convocado por calentura al celo de una compañera. No obstante, desoyendo al miedo, levantó la cabeza y arqueó cuello y espalda como hace el lobo y cantó con sus palabras y en su idioma, y sintió que, a su manera, aullaba o lloraba hacia el infinito, al oscuro manto del cielo.

No había hecho nada malo, ni bueno, para estar encerrado, y en cambio se puede asegurar con conocimiento de causa que se encontraba en el interior de la jaula por propia iniciativa.

El animal que allí se guardase circularía de un lado a otro persistentemente hasta producir en el suelo un surco ancho como el que apreciaba con el tacto de los pies en la semipenumbra. Además, este animal se sabría el ser más solitario sobre la Tierra

23

siendo el más observado, al menos en horario de atención al público, y siendo el más mimado por los cuidadores, conocedores de su poder de convocatoria.

El animal que allí se guardase daba de comer a los trabajadores de aquella institución. Sin él, el zoológico habría cerrado por falta de afluencia. Era tan especial como común, tan diferente que se podía asegurar que cada día nacían miles como él. Su popularidad consistía en que mostraba el interior íntimo de su especie, aunque nadie quisiese reconocerse en sus actos. Pero la curiosidad que despertaba era tan extremadamente intensa que sus congéneres, machos y hembras, esperaban colas larguísimas, horas soportando el calor o el frío, creyéndose que observaban un espécimen sumamente extraordinario, antiguo y ya superado.

Se le había ocurrido a él, una tarde de aburrimiento —llamémosle vacío—, lo peor que existe porque espolea a realizar locuras, llamémoslas tontunas, a veces malas, como lanzarse desde un puente, y otras aparentemente buenas, como descubrir una cueva con petroglifos tras adentrarse inconscientemente por un supuesto atajo queriendo llegar a algún lugar antes que por los caminos construidos previamente. También hay quien ha descubierto, por decir algo, la penicilina en una tarde de vacío.

Llevaba en paro cinco años. Lo del paro es una ironía: nunca se había movido tanto. Además de engordar su currículo con cursos de todo pelaje que prometían trabajo asegurado —sería a los que lo impartían—, y de haberse pateado la ciudad en horario ininterrumpido de diez horas, de haber conocido mil maneras de cerrar las puertas casi siempre con buenas palabras, más de una y de dos veces le habían dado ganas de emplear la violencia ante una cabeza negadora o de gritar por qué un mozalbete con menos preparación y experiencia se le adelantaba, dispuesto a cobrar la mitad con un contrato de prácticas al que él, por su edad, no podía optar.

Veinte años de ayudante de *marketing*, dedicándose plenamente a la comunicación externa de una empresa, a una imagen corporativa que se le ocurrió a él, y a una expansión en la que se dejó la piel, y de repente un nuevo jefe, heredero del que fue su amigo, decidió que podían prescindir del departamento, que los administrativos se encargarían de mantener las redes sociales; cuando necesitasen folletos de publicidad o algo más especializado, contratarían a una empresa externa.

Cuando la desesperación, consideraba, estaba alcanzando la cúspide, se le ocurrió como se enciende una cerilla. Alimentado por lecturas que a él le parecieron románticas y que rezumaban maldad escondida.

Había leído que en otros tiempos existieron zoológicos de personas. Las razas, como siempre tan socorridas para discriminar, se segregaban por aquella palabra tan irónicamente sutil y bestialmente terrible: «supremacismo». Dicho directamente, por el color de piel —que es lo que primero se ve—, además del idioma y las costumbres, sumado a las creencias religiosas —como es sabido, las nuestras son inequívocamente verdaderas—, un dios que nos eligió a nosotros debe ser el mejor y el más poderoso entre su ralea, además de poseer buen criterio.

Eran tratados como animales. Se les confinaba en espacios reducidos, obligados a seguir sus propias costumbres diariamente, aunque no tocase, para el deleite de los visitantes, tanto en la vestimenta como en el folclore. Músicas y bailes que debían efectuar cuantas veces fuese necesario.

Muchos murieron de frío o de enfermedades relacionadas con este, o por la proximidad de infecciones a las que no estaban inmunizados, y otros no supieron somatizar con agrado la humillación y se suicidaron colgándose de los árboles o se aficionaron al alcohol.

Estos zoológicos eran itinerantes. Mostraban a la ilustrada Europa algo así como los considerados ancestros todavía vivientes en ciertas partes del mundo: eslabones perdidos de bajo cociente intelectual, degradación moral y sentimientos toscos. Un público de raza blanca y «supercivilizado» observaba, mediando una entrada nada económica, a los salvajes casi desnudos, enseñando sus tórax lampiños y oscuros.

A las mujeres no, fuese que un rayo divino los castigara por exponer el torso desnudo de una mujer y no por esclavizarla. Les colocaban ropa interior tapándoles los pechos, lo que resultaba todavía más grotesco. Cantaban o bailaban en un descampado alrededor de una hoguera, rodeados de barrotes; hacían sus necesidades en un agujero tras un simple biombo o tela a modo de cortina entre dos palos, a veces a la vista del público, lo que producía alboroto, insultos y corroboración de la idea de inferioridad.

Se alimentaban de tiras crudas o poco hechas a las brasas de un animal extraño, degollado y dejado escurrir colgado bajo cañas. A veces, a falta de estos animales exóticos, se les suministraban ratas o gatos cazados en los alrededores. En muchísimas ocasiones estas costumbres las inventaban sus carceleros para atraer al público.

El morbo funcionando como una locomotora que arrastra vagones de dinero. Los bailes podían parecerse a los realizados en sus lugares de nacimiento, pero adornados con ritos inexistentes para que se antojasen los más insólitos posibles, y las ropas con abalorios exagerados, las palabras a veces inventadas para ensalzar más los gritos incomprensibles y crear un ambiente que produjese desazón entre los espectadores.

No dejaba de ser un espectáculo circense que se había perpetrado para ganar dinero y no debía resultar anodino. El ambiente se encaminaba a sobrecoger y golpear los temperamentos sugestionables; algunos se mareaban y salían en posición horizontal sobre una camilla, lo que paradójicamente acrecentaba el deseo por acudir al espectáculo.

En los carteles publicitarios se usaba como reclamo escribiéndose: «Vean, señores y señoras, las costumbres animales de estos seres de los que venimos, como dijo Darwin. Cientos de personas aprensivas no consiguieron aguantarlo. No se pierdan esta oportunidad única, nunca la olvidarán».

El animal que allí se guardase… no podría esconderse de los demás, pero tampoco de sí mismo y de sus bajezas o grandezas, que suelen abrumarnos por no haber aprendido a gestionarlas. No había espejos para saberse desde fuera; en cambio, sobraban las miradas que comentan lo que piensan sin permiso. Esa podría ser la verdad de quienes somos, o una mentira que nos sugestiona hasta creérnosla; no conocemos la diferencia entre ambas.

Comenzó a sentirse más importante dentro del escaparate. No lo pretendió; era una consecuencia no buscada, que al final le gustase ser observado para ser criticado, casi siempre para mal. Se sentía así más vivo.

En cuanto leyó en un periódico de tirada nacional sobre los zoológicos humanos, investigó entre los libros de historia, pero no encontró los motivos enumerados de su declive. Y tuvo que deducirlos. Tal vez poco a poco al diferente se le considere persona; no lo creía del todo, pues la supremacía y el racismo habían seguido formando parte de nuestra especie. ¿Cuántas guerras desde entonces, y las que proseguían e inventarían en el futuro? Sin ir más lejos, ahora mismo, en su país, dos bandos —por simplificar un poco—, cada uno con sus ideas de superioridad alzadas en los mástiles y sus banderas, himnos y maquillajes de historias infames por los dos flancos.

Tal vez nos avergonzamos del maltrato, lo que puede ser originado por la corriente de hoy. ¿Quién sabe cuál será la moda de mañana? Lo queremos lejos cuando se produce, no pretendemos verlo. Esa lejanía nos conduce por un mundo virtual en el que nos encontramos cómodos. Pero la realidad y la verdad es que el dolor se produce, que la gente malvive y que los animales sufren para satisfacer a una sola especie sádica y ciega.

Es verdad, se dijo, debe ser una moda. Las costumbres se cambian por aburrimiento; las cosas te parecen bien o mal, e independientemente de los sentimientos, se producen, y si hace falta se mantienen a escondidas para cuando vengan tiempos mejores para ellas.

«Algún día volverán los zoológicos de personas y yo habré sido un pionero».

El animal que allí se guardase… era un lema situado sobre aquella jaula. Alguien lo había escrito sobre una tabla irregular de madera con un punzón caliente. O tal vez un título, o un deseo; nadie consiguió explicárselo. Existían tantas teorías como personas: que si era una simple broma de no se sabe quién; que se cayó del camión que trajo los barrotes, lo encontraron medio hundido por las ruedas en el barro y, por superstición o por hacer la gracia, lo colocaron sin avisar a la empresa por si alguien lo había echado en falta; que si el antiguo director era además maestro de filosofía y le gustaba escribir frases con un carácter reflexivo que terminaban siendo enigmáticas, las demás fueron deteriorándose por el paso del tiempo y solo quedó esta; que si se ideó esa jaula como un acertijo al estar en el centro para atraer al público y quisieron desde el principio que fuese el tema central del zoológico.

Las explicaciones no resultaban completamente coherentes, pero eran las únicas que poseían a falta de la verdad. El caso es que llevaba mucho tiempo vacía. El suelo y los barrotes se mantenían con una pulcritud perfecta, brillante, como el salón de la casa de alguien amante y maniático de la limpieza.

En el redil posterior de casi una hectárea había crecido una hierba alta que, cuando él ingresó, se tornaba amarillenta por el sol del verano. Además, existían tres masas de árboles separadas y un roble solitario, majestuoso, de al menos cincuenta años, aproximadamente hacia la mitad del terreno. Constituía una pradera acogedora para un herbívoro. A él le pareció mejorable, pero tampoco estaba tan mal: podía resguardarse del sol y de la lluvia, y cuando las temperaturas fuesen muy frías existía un habitáculo con cristales y calefacción al que se accedía desde un lateral de la jaula, y por donde entraban los cuidadores, pues disponía de dos puertas opuestas: una daba a la jaula y la otra a un pasillo enrejado conectado con las instalaciones de mantenimiento.

El animal que allí se guardase… dormiría los primeros días con aprensión, como los que le precedieron: temeroso, vulnerable, observando el alrededor a tiras, sintiéndose atrapado. No paró de aullar cuando aprendió a hacerlo, con el volumen más bajo que alcanzó, agarrando los barrotes e intentando tozudamente introducir la cabeza entre ellos.

El cuento de los carceleros asesinos se deshizo en cuanto contactó con ellos. Eran personas calladas pero buena gente, a veces de modales bruscos; podían dar miedo antes de conocerlos y acostumbrarse a sus estrictas normas.

El descanso le llegó de madrugada sobre el jergón, y el sol, que no encontró obstáculos para romperle el sueño, apenas media hora después de haberlo comenzado. No estaría bien quejarse; el aullido era un lloro a no abandonarse, no era queja: era una imploración interior a dar todo lo que se esperaba de él, un empuje, un darse fuerzas.

Fue decisión suya; sin embargo, sabía que le resultaría difícil. Estar encerrado era una sensación nueva. Se había criado en la libertad casi absoluta entre padre y madre ofuscados en sus profesiones y divorciados, y después en una soltería impertérrita; las mujeres huían de él, no sabía tratarlas, las intimidaba.

Dispondría de bastante espacio para moverse, sobre todo en la pradera de atrás, donde los espectadores lo observarían desde la distancia. Dos miradores semicirculares en alto y separados por un foso los alejaban lo suficiente como para no apreciar los rostros y sus gestos. Existía también una valla de metal de unos diez metros por la que le cabían los dedos, pero separada por un pequeño cauce de drenaje del camino, por el que siempre discurría al menos un hilo de agua. Disponía de espacio suficiente para esconder sus pensamientos.

Sentirse expuesto al oreo de las conversaciones le producía la misma náusea que le motivó en su juventud el primer peta, aunque fuese esta una de las razones por las que había solicitado vivir en aquel lugar. En la balanza ficticia e inexistente que rige los actos de las personas pesó más sentirse vivo, ser el centro de las miradas, vapuleado por las opiniones, estar en boca de todos, que el desasosiego físico que le producía. El tiempo se encargó de adaptarlo y obviar lo malo.

Aunque el embrión se produjo en una tarde de vacío, como ya he dicho, caviló la idea muchos meses. Le sobraba el tiempo. Se acercaba al zoológico todas las semanas; durante las etapas más febriles, a diario. Paseaba por los caminos empedrados, por los de chinarras y por los pocos alisados con una fina lechada de cemento. Se acercaba a los fosos y lanzaba cachos de bocadillo o frutos secos, sabiendo que estaba prohibido darles de comer a los animales.

Quería aprender de ellos, de su aparente estoica relajación al enclaustramiento, de la anodina renuncia a sus lugares naturales. Pronto serían sus compañeros. Ellos también lo miraban, como diciendo: te conocemos, hablamos el mismo idioma, el de los seres que no saben si están vivos y que ronronean las ideas inmutables del mundo, o las rumian —que para el caso es lo mismo—, somos los valedores de la tradición, los que intentan que la esencia se mantenga.

No todos se comportaban de la misma manera. Algunos parecían no enterarse de su presencia, comportándose como seres libres en un entorno natural cien por cien, quizá mintiéndose, pero no lo parecía. Los había que miraban al otro lado del foso con la misma curiosidad con que los miraban a ellos, pero la inmensa mayoría se sumían, a voluntad propia —quizá para sufrir menos—, en estado de emociones inapetentes, apáticas, aborregadas, dedicados a comer y esperar el monótono paso del tiempo.

Estos últimos atacaban su ánimo en la misma línea de flotación; los habría querido oír gritar con voz propia, con argumentos y deseos, sentirlos agresivos o lo contrario, escuchar su causa para rebatirla o auparla.

Se le ocurrió que era otro motivo para entrar: sería actor y centro de miradas para dar visibilidad a aquellos a los que se atacó por reaccionarios.

Le preguntaron hasta la saciedad si estaba seguro. Su madre lo colocó delante de un juez; le quiso inhabilitar por enfermedad mental. No encontraron taras importantes en su comportamiento: discernía perfectamente la realidad de lo que no lo es.

El animal que allí se guardase… salvaría al zoológico. Se lo dijo con otras palabras, menos explícitas, al director, un hombre alicaído —se notaba—, no le gustaba su puesto de trabajo. Fue acérrimo defensor político de los derechos de los animales en otros tiempos, como él mismo le aseguró más tarde; tuvo que dejarlo al aceptar el trabajo. Le dijo que antes, cuando su motivación se basaba en ideales, no establecía diferencias entre las personas y demás seres vivos. Lo soltó como si explicase una historia referente a otro y a otro tiempo.

Todos sentimos el dolor y sufrimos psicológica y moralmente, así se lo afirmó como doliéndole el cuerpo, tocándose las costillas con cuidado al decir que había abandonado esos pensamientos por la absurdidad de sus actos actuales. Se sentía carcelero; por más que intentaban animarlo, no lo consiguieron. Al remate le sacaron una tímida resignación: «Hago lo que tengo que hacer, de algo tenemos que vivir».

Sin embargo, gracias a su conciencia e ideales —que él aseguraba muertos— había conseguido mejorar muchísimo las condiciones de confinamiento de los presos (como se dirigía a ellos). Amplió los lugares, compró el pequeño monte sembrado de cereales de atrás, sacando a los animales de las escuetas jaulas, dándoles un lugar donde expansionarse. Por ahí intentó subirse la moral. Cada uno puede aportar en el lugar que se encuentre su granito por mejorar el mundo, se dijo. Lo de mejorar el mundo quizás sea una exageración, pero al menos perfeccionarnos a nosotros, encontrar un sentido a lo que nos ha tocado vivir.

El puesto se lo dieron por enchufe, como casi todos los trabajos que merecen —o no— la pena en este país clientelar. Lo necesitaba: se había quedado en paro; su mujer trabajaba, no a cambio de salario, como toda ama de casa, y le crecían los tres niños acercándoseles a la universidad.

Cuando él le llegó con su idea, de primeras al director no le sorprendió, aun cuando objetivamente se podía considerar descabellada. Recapacitó un momento; le dijo que se le había pasado por la cabeza en varias ocasiones lo mismo, sin concretarlo, aunque había llegado a la conclusión de que era inviable moralmente. Se lo comentó una vez a su mujer y a un operario que se encontraba cerca, y se rieron los dos.

Y no soy un hombre gracioso —expresó con la mirada triste que llevaba de serie, aumentada—. Se rieron como quien lo hace de una tontería descomunal.

El animal que allí se guardase… había estado cavilando durante meses, incluso escribiendo las razones para convencerlo. Ni en sus mejores expectativas predijo tan buena acogida. Lo advirtió nada más explicárselo: el director había estado esperándole sin saberlo. Se necesitaban, habían nacido por alguna razón para complementarse la vida el uno al otro.

Lo abordó cuando cerraba la puerta de su oficina; se asustó. Comenzó abruptamente diciéndole: quisiera ser el animal que allí se guardase… El director cerró los ojos, comprendió enseguida y se le escapó una leve sonrisa. Seguidamente empezó a soltarle su discurso memorizado. El director le pidió que se esperase. Abrió la puerta y le invitó a entrar para explicárselo con detenimiento.

El director le dijo:

—Siéntate, ¿quieres beber algo?

—Agua —le respondió.

Se la sirvió del grifo que rellenaba una pequeña pila aledaña al despacho donde bebían los gorriones, en un vaso de cristal.

—Deseo fervientemente ser un espécimen más. Tienen esa jaula vacía años, al menos desde que visito el zoológico. Creo que sé el porqué: están buscando diferenciarse y no terminan de encontrar con qué.

—¿Y cómo sabes lo que buscamos? —contestó el director.

—Por la simple conclusión del tiempo que se encuentra vacía. Una jaula tan bien situada, prácticamente en el centro de la avenida principal… Estáis perdiendo dinero, y el motivo es que no encontráis el animal que allí se guardase… Llevo muchos años observando y planeando.

—¿Crees que estaría bien encerrar a una persona? —preguntó el director.

—Una persona es un animal. ¿Qué es lo que aquí se guarda? Está bien lo que termina bien. Se puede explicar, todo puede llegar a ser justificable; motivos sobran, y existen los maquillajes para apaciguar a los moralistas pazguatos.

—¿Cuáles?

—Que estar dentro sea mejor que estar fuera, por así decirlo, más humano. Esta sociedad no es el mejor lugar para las personas, ¿es que nadie se da cuenta? La vida es muy complicada, se puede simplificar al máximo. Muchos se empeñan por ese camino y consiguen andar en sentido contrario. Me gustaría que alguien me proporcionara comida preparada al menos tres veces al día, que mantuviesen mis necesidades saciadas sin esfuerzo por mi parte. Yo me comprometo a ser interesante para el público, a emplear todas mis energías en conseguirlo. Lo he estudiado, no he hecho otra cosa en estos meses, quizás en toda mi vida, y creo conocer perfectamente lo que atrae a la gente: observan las bajezas y basuras y las entienden ajenas de sí mismos. Ese morbo con el que todos nacemos para lo que nos hace daño y que nos impide mirar a otro lado, a no ser que lo que veamos sea verdaderamente importante y necesite de nuestro trabajo; entonces lo dejamos pasar, que sean otros los que luchen por nuestros derechos.

—¿Una persona voluntariamente podría ser observada veinticuatro horas sin considerarse un ataque a su derecho como humano?

—Podría si se llamase experimento científico, o sociológico. Hay que buscar las palabras adecuadas; de esa manera todo entra mejor. Lo llevaremos por delante, con letras grandes: hay que proclamar que nadie me está obligando. Y que puede ser un aprendizaje para que la sociedad, en su conjunto, aprenda de sí misma.

—¿Y no se debería encerrar —guardar es la palabra que estamos empleando— a una mujer también?

—Si es por un plan reproductivo, eso es irrelevante en nuestra especie. Ahora mismo no existe ningún peligro de nuestra extinción; más bien al contrario. Debería surgir naturalmente, igual que yo he venido a hablar contigo puede que haya una mujer —u hombre— que en algún momento haya pensado lo mismo.

Dejemos a los acontecimientos transitar sin presionarlos; no creo que ponernos ahora a hacer una selección sea una buena idea.

—Quieres estar solo, ser único. No era lo que yo tenía pensado. La idea que a mí se me había pasado por la cabeza consistía en encerrar a varios especímenes de nuestra especie. Nunca me había atrevido a pensarlo de verdad, por lo tanto no lo había desarrollado: un grupo no muy numeroso, lo suficientemente heterogéneo.

—¿Y reproducir una célula social?

—Algo así. También, y es lo que pienso realmente, es que viéndonos entre barrotes, ajenos, tal vez desnudos o casi, advertiríamos lo que somos: un animal. Es mi obsesión de siempre, bajarnos de ese pedestal en el que nos encontramos y que nos separa de lo natural. Es una imaginación más de nosotros: animales de cabezas grandes a los que solamente supera el ego.

—No es lo que yo busco, aunque no es incompatible. Me gustaría estar solo en esto. Al menos, como ya he dicho, los acontecimientos de forma natural y tranquila se muevan para otro lado, entonces lo pensaría. Quiero ser observado y tener todo lo demás cubierto. Estoy cansado de luchar, quiero mostrarme, que me vean, sentirme vivo en los ojos que me observan y mantenerme así en su memoria.

—Vamos a hacerlo. Creo que es mejor no seguir hablando.

No hubo muchas más palabras. Se miraron, pensaron que hablar más ahondaría en las diferencias sustanciales del objetivo que unía a ambos, y, abalanzando la mano con desmedido ímpetu, cortando de un tajo, el director del zoológico dio por sellada la conversación. Le explicó que mandaría redactar al gabinete jurídico el contrato para no pillarse las manos. El animal que allí se guardase… ya había indagado sobre el asunto. Era legal, al menos no ilegal hasta donde habían alcanzado sus hallazgos. No existía ningún impedimento para que alguien, en el uso de sus facultades, voluntariamente, desee ser encarcelado, siempre que esto no suponga vejaciones. Esto último sí lo imposibilitaría, pues la ley defiende a las personas de autolesionarse o quitarse la vida, al menos sobre el papel. Debían dejarlo claro, no era un acto íntimo sino público. Le dijo:

—Esperaré la llamada para firmar el contrato. Estaré preparándome. Espero que mientras tanto se acomoden las instalaciones.

El hombre que se había decidido con un apretón de manos entre estos dos hombres que fuese el animal que allí se guardase… se llamaba Mario y vivía en una pequeña habitación salón-dormitorio-comedor-estudio, con dos cuartos anexos más minúsculos todavía, a los que se les denominaba, mintiendo, cocina y cuarto de baño. El primero, un pequeño pasillo o hueco en un lateral, un sencillo fuego con una olla encima, siempre la misma, que servía para calentar la leche, para prepararse unas lentejas o poner a la plancha una pechuga de pollo, con un minúsculo fregadero y un mini frigorífico colgado de la pared al lado del extractor. El segundo, un retrete con una ducha en el tabique de enfrente y en el suelo un desagüe herrumbroso del que salían a veces pestilencias y otras, las que llegaron a ser sus amigas, las cucarachas.

Mario medía un metro ochenta, y le faltaban al menos diez centímetros a la cama para que pudiese dormir completamente estirado. Una pequeña ventana circular, que se abría a la mitad y que daba a un patio interior, era su única comunicación con el mundo. Eso sí, con un mundo húmedo y oscuro lleno de olores variopintos, algunos buenos, como el aroma del café y unas tostadas, que al juntarse con los demás engendraban un extraño tufo de hogar que no terminaba de producirle rechazo, pero tampoco el sentimiento contrario. Algo poseía que le retrotraía a su infancia, inexplicablemente le instigaba a imaginar.

Conocía el carácter y la personalidad de los vecinos sin verlos, sabía de sus aficiones, sus costumbres y su alimentación. Las voces completaban la información. Los delgados muros y el sofocante calor, al que nadie por lo visto podía ponerle remedio con aire acondicionado, mantenían las ventanas abiertas. Mario estaba al tanto del horario de trabajo del vecino colindante; se conocía mejor su horario gastrointestinal, pues el cuarto de baño pegaba con el salón-dormitorio-comedor-estudio.

Cuando llegaba del trabajo, si le había ido bien el día, abría el frigorífico y se sentaba a ver un programa de esos donde la gente cuenta sus vergüenzas sin vergüenza. Y si le había ido mal, cantaba: colocaba un disco —siempre de una soprano— en el tocadiscos y acompañaba a la canción enlatada con una voz más humana, mucho menos potente y afinada, en falsete y desgarrada.

Conocía perfectamente aquellas familias que le acompañaban en su viaje vital desde hacía siete años. Era recíproco, aunque a algunas no les pusiera cara. Seguramente, si hablase con ellas de repente, se convertirían en extrañas, compondrían su personaje y no las reconocería: ese del que nos vestimos fuera cuando los demás nos ven. Y para complicar el asunto, no actuamos en un solo libreto: son muchos, según el ambiente en el que nos estemos moviendo.

En aquel piso, del que en unos días lo desahuciarían, se había originado la idea que le rondaba y había crecido y desarrollado al ver el cartel de *El animal que allí se guardase...*, después de leer sobre los zoológicos humanos. Estaba seguro de que somos invisibles cuando los demás no nos ven, y cuando conseguimos olvidarnos de sus miradas existimos de forma pura. En ese éxtasis olvidamos el cuerpo, las arrugas de la cara, conseguimos ser verdaderamente nosotros, y a la vez anhelamos al prójimo para intentar ser completamente personas. Al parecer, según dicen, todo es mentira, pero una mentira a la que llamamos verdad. No tenemos otra, o no la conocemos.

Y, como estas, miríadas de ideas siguieron enmarañándose, a veces inconexas, abstractas, difíciles de asir. Fueron materializándose y desembocando, tal vez en un empujón de unas manos construidas por sus pensamientos, y tuvo que decidirse a hablar con el director. Como se suele decir, el no ya lo tenía.

El animal que allí se guardase… estaría atrapado. Se sentía preso. Colocaba en la balanza toda esa falta de ansiedad, de turbulencias, de inestabilidad económica; conocer pormenorizadamente el quehacer de cada día le producía bienestar. Actuaba desde las once o doce de la mañana hasta que el sol se despedía: los mismos movimientos, ruidos, gestos. Pero el público cambia misteriosamente; es una masa heterogénea que se comporta y muta a un ser que podríamos compararlo someramente con una persona.

Un día —los vaivenes, incluso, se producen durante la misma jornada— la masa de personas es receptiva; otro, apática; a veces vociferante, también silenciosa, curiosa, enfadada, amable, dolorida, placentera, graciosa, huraña, expectante, poco observadora, joven, mayor, rápida, de caminar bamboleante… La experiencia aumentó su eficacia y calidad ante cualquiera de esos públicos.

La gente esperaba en la cola y corría para hacerse con un buen lugar desde donde observarlo. Había nacido para este trabajo;

pocos públicos se le resistían, quizá el compuesto de personas mayores, al que la experiencia le ha noqueado el asombro. Pero este era poco frecuente: a los zoológicos las personas de edad avanzada no suelen ir solas; se acercan con los nietos, y entonces sus estómagos vuelven a agitarse llenos de mariposas, y el asombro y las ganas de hablar con tono delicado y cantarín les obnubilan su sentido crítico y pesimista.

Al llegar la noche se sentía demasiado cansado como para pensar. Solamente le asaltaba la soledad el día que se cerraba el zoológico, el lunes, si no coincidía con fiesta. Se acercaba a sus vecinas las jirafas y las saludaba, compartía con ellas los caramelos que le lanzaban los niños. Él debía de tener la misma cara de inapetencia, de no esperar intensidad e inseguridad en la vida, de sentir el paso del tiempo sin saber lo que era un reloj, viviendo y no queriendo morir sin más, sintiéndose ya muerto y vivo eternamente.

El desconcierto duraba lo que duraba el lunes. Al día siguiente, en cuanto salía el sol, se lavaba la cara en la pequeña balsa del final de la ladera, agua limpia y fresca que bajaba por un pequeño arroyuelo circundado de juncos. Tras unos minutos pensando, calentando los músculos, corría a lo largo y ancho al menos media hora; después hacía flexiones, se encaramaba a las empalizadas a modo de construcciones —más idóneas para cualquier primo primate que para los de nuestra especie—, las aprovechaba y hacía dominadas. Luego, sin orden ni premeditación ninguna, los ejercicios que se le pasasen por la cabeza; al final siempre se lanzaba de cabeza a la pequeña balsa para refrescarse, hasta aproximadamente las nueve, que se acercaba a su apartamento —como lo llamaba él— a ver qué le habían traído de desayuno. Solía ser muy variado.

Entonces repasaba mentalmente su papel. Saldría a darlo todo. Poco antes de que abrieran las puertas se producía un silencio hondo en el interior del zoológico. Los días de más afluencia podían reconocer a la gente hablando en los tornos de entrada, derramando palabras, componiendo con ellas un pantano informe de murmullos. Los niños gritando, corriendo entre las piernas de sus progenitores, rompían el monótono crepitar, como si un fuego se acercase y alguien desde dentro pidiese ayuda.

Los animales no se acostumbraban a esta espera de ansiedad en estado puro. Sabían que pronto se llenarían los confines de las jaulas con ojos, disimularían, harían como si no estuviese allí aquella panda de seres ruidosos, de piel de colorines lanzando destellos. Algunos enviaban comida suculenta por el aire, a veces muy dulce y otras muy salada. Entonces se sentían obligados a mirarlos y agradecérselo, cada animal a su modo. Pero aquella panda no estaba hecha para comunicarse con especies diferentes y no respondían: los miraban con superioridad, dándoles a entender que debían siempre estar a su servicio, haciendo lo que se esperaba de ellos y que no les importaban más que como meros objetos.

Mario hacía exactamente lo mismo: agradecerles tanta expectación con una sonrisa y movimientos de cabeza que igualmente caían en saco roto. Pero estaba en su esencia ser agradecido, y se le había incrementado conociendo a sus compañeros de trabajo. Se movía por el recinto casi desnudo en verano y casi vestido en invierno. Conseguía perfectamente trocar al público en inexistente, construyendo una cuarta pared de hormigón impenetrable. Era el guionista de sí mismo; de nadie se dejaba aconsejar, ni del director del zoológico.

Se sentaba en unos troncos y se disponía, por ejemplo, a hacer fuego frotando dos palos con la artimaña de un mechero escondido. Lo conseguía en tan poco tiempo y de una manera tan elegante que se escuchaba un oh profundo y alargado la mayoría de las veces.

El director sugirió escenas de caza primitiva. Pero Mario no quería matar ningún animal. Propuso que nuestro origen fuese casi vegetariano, con ocasionalmente algún aporte de proteína animal, por ejemplo de huevos, insectos, peces u otros animales que se encontraran casualmente en el camino, y que así se explicase en los paneles informativos, pues el zoológico intentaba ser didáctico.

El director señaló que no se podía engañar a la gente tan descaradamente: en la era de internet cualquiera los dejaría en evidencia ante el mundo y pronto tendrían que cerrar ante el escándalo. Mario no insistió porque no encontraba un argumento efectivo para convencer al director, aunque dejó claro que en todas las épocas podrían haber existido personas que optaran por aquella alimentación. Somos omnívoros y podemos elegir.

«Nadie me verá cazando», sentenció.

Pensando en los posibles desempeños que podría concebir, además de los normales de cualquier persona encerrada o no, al animal que allí se guardase se le ocurrió que podrían recrear el principio posible del arte y hacer una *performance* para intentar explicarlo, con la posibilidad de que participasen los especta-dores. En una caseta que se construyó con un amplio ventanal orientado al recinto, con mesas, estanterías, armarios y sillas, se dispusieron pinturas, rocas a las que decorar, libros escritos por grandes divulgadores que ayudaban, y multitud de láminas con representaciones de todo el arte conocido de la prehistoria, además de una amplia muestra de la historia del arte posterior, junto a un variado material de pintura y de creación de abalorios con hueso, ámbar, etc. Además, podrían presentarse a unos premios de pintura primitiva que instauraría el zoológico con una suma de dinero aceptable.

Al director le pareció una idea estupenda y la implementó de manera rápida. Y no se equivocaron: tuvo gran éxito. Desde personas particulares hasta colegios enteros, llegaban autobuses repletos para participar expresamente de esa actividad.

Aparte de sus quehaceres, como construir una cabaña con materiales naturales que deshacía regularmente para componerla en otro lugar más soleado o más sombrío según la estación del año, o, como se ha dicho, hacer fuego varias veces al día y también apagarlo para que pudiese disfrutarlo unas horas después un público distinto, se volcó en su pasión–dolor desde que recordase: la pintura.

No la había podido desarrollar por diversas razones y obstáculos; seguramente otros tuvieron los mismos y triunfaron, él no pudo con ellos. Al principio, su padre y su madre, en esto sí al unísono, le quitaron ese futuro al que se abocaba de cabeza con naturalidad. Y luego él mismo no creyó que valiese, se sentía en inferioridad al ver a los grandes genios en las pinacotecas, no lo intentó por no defraudarse, no se consideraba capaz de competir con sus expectativas, que en el fondo de sus deseos eran enormes.

Y es verdad que, viendo un Velázquez y asombrándose ante su profundidad y el tratamiento de la perspectiva aérea, hubiera deseado copiarlo y aprender intentando acercarse, exprimiendo su minuciosidad, pero nunca se atrevió. No pasó del lápiz o el carboncillo en folios sueltos que siempre extraviaba. Su relación con la pintura había sido, a la vez, frustración y miedo, y ahora, quizás gracias a esta coyuntura que lo alejaba de la competición, pudiese desarrollarla. Así lo sintió y se puso, olvidándose de su vida anterior, en aquella cárcel en la que los barrotes permanecían cerrados día y noche y de la que, aunque quisiera, no podría escaparse, a construir un proyecto por iniciativa propia y con infinita libertad.

Le dejaron construirlo desde abajo: él diseñó la Caseta del Arte, su mobiliario, el material, la monitorización de las clases, para lo que hicieron un casting en el que Mario participó como jurado. Las actividades estaban diseñadas para personas de diferentes edades y en las que podrían participar sin importar los conocimientos o destrezas previas. Su voz y órdenes tocaron hasta el último detalle del proyecto.

Para la selección del maestro o maestra de las sesiones de pintura y artes plásticas relacionadas con el inicio del arte y su desarrollo hasta nuestros días, y que también tocaría aspectos filosóficos de la utilidad del sentimiento artístico, se presentaron cincuenta candidatos. Cinco cumplían todas las premisas que había apuntado Mario, que, desde detrás de los barrotes, los observaba para decidirse, como una fiera silenciosa escondida entre la maleza.

Tres hombres y dos mujeres. Entre ellos, aunque con similares actitudes y títulos, destacó Elisa; estuvieron de acuerdo sin titubeos el director y él. Cuando en el cuestionario preguntaron: «En tu opinión, ¿cuáles son las piezas de las que debe estar construido el arte?», ella contestó, por este orden: observación, exploración, reflexión, imaginación, expresión, comunicación.

Le sorprendió mucho. Él habría añadido algo, puede que naturaleza, o sangre, o fuego, o fuerza… Una palabra faltaba, pero no se correspondía con ninguna que existiera, aunque juntando unas cuantas se podría conseguir aproximarse a esa idea que no se es capaz de describir, inasible.

Elisa era una mujer con una enorme capacidad de inventiva y de trabajo, como demostraría mañana y tarde con aquellos grupos numerosos de escolares. Había expuesto dos veces su obra en una yerma y fría sala que accedió sin más a acogerlos; los cuadros se acumulaban en casa. Se había cansado de que a nadie le gustasen; había vendido muy pocos y todos a familia y amigos. Estaba segura, a estas alturas de su vida, harta de mentirse, de que lo habían hecho por compromiso. Solamente había visto tres cuadros —y no de los que estaba más orgullosa— colgados en una pared, que, en su opinión, era para lo que estaban hechos.

Sus pinturas eran diferentes, nada visto, la gente no estaba preparada. Emanaban angustia y cualquier sentimiento acompañante. Se podía asegurar que eran bellos sin ser expertos en arte. Atraían como lo hace una telaraña con gotas irisadas como diamantes, para después golpearte. En cuanto al estilo, no eran catalogables; se alejaba, sin estar muy segura de la dirección, del naturalismo, del realismo o del simbolismo.

De lejos solo se apreciaban colores, puntos, a veces rayas que, por efecto de la pareidolia, se podían conformar psicológicamente en un objeto o, principalmente, en caras que desde el más allá miraban reclamando asomos innombrables.

Al aproximarse, se constataba que existía en ellos un sentido: a veces un paisaje que recorría con un río, un sinuoso y electrizante zigzag que metafóricamente era la línea vital de una mano que, a su vez, era una biografía de alguien titulada «anónima», una vida sin nombre en el océano de la injusticia de una guerra; otras, unos ojos, dentro un reflejo nítido, eran animales desangrándose colgados de ganchos en una línea de producción que terminaba en una mesa con mantel limpio y comensales de felicidad esplendente.

La lista sería muy larga. También se podrían dar ejemplos optimistas, menos, como una boca abriéndose y mostrando dientes perfectos y, al fondo, una ciudad futurista sin coches, donde se veía gente caminando y hablando entre ellos, dirigiéndose a sus trabajos, que al parecer no estaban muy lejos.

La temática era muy variada, no así el estilo inventado por ella, y al que todavía no había llegado el éxito, pero que sin duda llegaría. Lo que podría ser más difícil de augurar es si ocurriría estando viva. El tema económico y el arte pasan por manos diferentes.

Entre tanto, precisaba, como todo mortal, comer y unas cuantas necesidades más, no muchas, era una mujer austera. Necesitaba trabajar y, como no sustituía a nadie en ese momento de profesora de dibujo en bachillerato, que era a lo que últimamente se dedicaba, se presentó a las pruebas del zoológico.

El animal que allí se guardase… añoraba aquellos años en los que perdió el tiempo, sabiendo que es una equivocación añorarlos.

Sentado en la ladera, sobre la roca sagrada —o lugar con atracción mística, como habían escrito en los folletos de información—, en estado de trance introducía las manos en un polvo que había obtenido deshaciendo oligisto terroso mezclado después con grasa animal; en realidad, era mantequilla en estado de pomada. Pintaba con las manos; con los dedos daba trazos intentando crear un bisonte, luego extendía, quitaba o definía con ramas y palos a modo de pinceles, retocaba con carbón vegetal, consiguiendo una réplica de los de Altamira, prácticamente exacta, sobre todo para las personas que nunca los hubiesen visto. Seguidamente creaba lo que ese día la inspiración le traía.

Este proceso lo explicaba Elisa con humor, que desde el ventanal de la caseta observaba junto a los alumnos a Mario pintando ladera abajo sobre la roca. Les resultaba muy primitivo, obviando, claro, que ninguno de los que lo observaban había visto en primera persona y en directo algo ni alguien parecido; por lo tanto, no sabrían diferenciar la falsedad primitiva de lo ciertamente primitivo. Entraban en un completo trance de irrealidad, como si se sumergiesen en una película o en un cambalache del tiempo, extraño, prácticamente imposible de definir.

Los espectadores se marchaban a casa con la imaginación inflamada. Mario, recubierto de piel artificial —esta mentira solamente la sabía él, no se habría dejado vestir con la piel de otro ser vivo—, daba saltos espasmódicos alrededor de la piedra, gritaba aunque no llegaban a oírlo, se daba palmadas por el cuerpo, bajaba y subía con ímpetu los brazos, hasta que, tranquilizándose, al menos externamente, se sentaba y, como se ha dicho, introducía la mano en el pringoso rojo que antes había depositado en un hueco natural de una piedra que asemejaba una mesa casi circular.

Era una imagen que inspiraba a sus observadores; Elisa los ayudaba cogiéndoles de la muñeca y dirigiéndolos sin que ellos lo advirtieran, terminaban creyendo que al fin el cuadro que se llevarían a casa o entregarían para el concurso era una obra completamente suya.

El animal que allí se guardase… abandonó sin advertirlo los sentimientos de soledad y falta de libertad que le asaltaron en las primeras etapas.

Siquiera los añoraba. Incluso en sueños, su existencia era la de aquel mundo finito y abarcable: se dedicaba a pintar y a evolucionar, como lo ha hecho el mundo de la pintura, descubriendo los estilos, hasta las formas de coger un pincel, desde los trazos, los materiales, el soporte, la visión del mundo, las ideologías, los sentimientos, cada elemento relevante, para al final construir parecidos con parecidas preguntas y diferentes formas.

Habían transcurrido varios años, no los ubicaba con número exacto, sabía que allí fuera, detrás del foso y los cercados, la gente conocía perfectamente el día y el año en el que vivía. Los compadecía por el daño que se hacían a sí mismos, no conseguían o no querían sentirse seres autónomos, no sabrían lo que él experimentaba. Su enclaustramiento le había encaminado a las puertas de la verdadera libertad, y por qué no, sentirse centro del universo, comienzo y final, y los demás un estorbo, la nada. Hasta la luna, por la noche, entraba con cuidado de no despertarlo a su jaula. Era ella la que silbaba un canto misterioso deseando su sueño, era ella la que asomaba su cara para intentar verlo en la penumbra. Si supiese, aullaría; no tiene tiempo de aprender, gasta el que tiene en estar arriba flotando, presa de un destino del que no puede desviarse.

Mario soñaba, existía en todos los lugares en los que había querido estar, recorriendo sus pensamientos, respondiendo a sus preguntas, desoyendo nuevas cuestiones. No existirá más construcción en el mundo que mi propio egoísmo, dicen que dijo, los que oyeron las últimas palabras de Mario. Todavía no fue el final de sus días; permaneció como leyenda viva del zoológico muchos años en silencio. No habló después de que Elisa se marchase. Se convirtió en un auténtico espectáculo, un animal tan ajeno que nadie se reconocía en él. Entró en comunión con la naturaleza rompiendo las reglas humanas que habitan en la palabra; se le olvidaron o se difuminaron en la niebla los modelos culturales, y, aparte de la pintura, que siguió cuidándola y ejercitándola, no se le conoció contacto con las demás personas, a las que rehuía como fiera salvaje, incluso con violencia gestual.

A la vez que olvidó la voz, comenzó su estilo propio en la pintura, también lejano pero apoyado en lo que había aprendido, sencillamente saliendo a la palestra sin faltar un solo día. Pero ya no lo realizaba a la vista de todos. Buscó un escondite entre la parte de atrás de la jaula y la pradera, un trozo medio techado y resguardado del viento, que daba al sur. Es verdad que no oculto completamente, pero sí era el lugar más alejado que existía en el recinto; se le podía ver lejano y con dificultad, sentado en el suelo, casi siempre estático, porque su modo de pintar era por arrebatos cortos e intensos.

Los cuidadores, con la precaución de cerrar la puerta de la sala donde se dejaban los alimentos —pues se había convertido en un animal potencialmente peligroso—, también le proveían de lienzos, pinturas y cuantos materiales solicitase por escrito, con un papel dejado en aquel mismo lugar, y luego recogían el fruto artístico: mayoritariamente cuadros, aunque también produjo una cantidad considerable de pequeñas estatuas de madera y unas pocas de mármol y otros materiales. El director no sabía si podía venderlas porque no habían firmado nada antes, y ahora, desde que Mario había cambiado, no podía preguntarle. Se había convertido en un ser arisco, en un animal allí guardado… Así que optó por amontonarlas en un almacén hasta que muriese cualquiera de los dos, o él dejase de ser el director del zoológico. La razón no era principalmente para evitarse problemas legales; estaba seguro de que Mario no lo demandaría, se consideraba una persona honrada y no podía aprovecharse del que consideraba amigo, a pesar de haber perdido su contacto.

Aquella mañana, de aquel día en el que Elisa se marchó, se encontraba inmerso en el manierismo desde hacía varias semanas. Le resultaba uno de los momentos pictóricos más extensos y arduos; sin embargo, hasta la fecha, el más apasionante. Alternaba obras del Bosco, el Greco o Clara Peeters, por poner unos ejemplos. Era un domingo de buen tiempo, por tanto, de gran afluencia. Los domingos, la escuela o taller de la que se encargaba Elisa se encontraba cerrada, por lo que no apreció su marcha. Como era usual los domingos, él se abandonaba a sus quehaceres, alejado del público, en las horas que otros días dedicaba a las clases, ella arriba y él abajo, dando un ejemplo del tema que se trataba el día en cuestión.

Sobre las doce, tendría que acercarse y pasear, tal vez fruncir el entrecejo y mirar al suelo como extrañado por algo, y después agacharse para tocar la tierra con una misteriosa pose arcana; saltar con la palma de la mano derecha hacia arriba como recogiendo pequeños objetos que cayesen del cielo, y luego brincar como un canguro con los dos pies y engancharse cerca de la malla metálica que separaba uno de los miradores, con los dedos como garras, como si fuese a atacar al público, que siempre daba un salto hacia atrás gritando y riendo. La gesticulación debía producir desconcierto. Nadie de los que miraba parecía comprender sus evoluciones, aunque cada cual disponía de una explicación interior difícil de verbalizar. Se suponía que se encontraban delante del único espécimen primitivo por propia iniciativa, pero nadie, a pesar de las pocas explicaciones e ilustraciones de los paneles informativos, tenía muy claro lo que significaba.

El primitivismo inspira tozudez, violencia y atracción, pero sobre todo desconcierto. Encontrarse con nuestro yo sin disfraces les daba vértigo; vernos juntos a los demás animales les atraía. La mente humana posee incontables caminos de escape; se solían alejar intelectualmente posicionándose arriba de la escala, alejándolo y desposeyéndolo de su condición de igual. Se escuchaban de vez en cuando las palabras: así éramos. El director, que se paseaba a veces entre la gente, repetía en un mantra inaudible: así somos, vuestra ceguera se convierte en mentira, mirarlo otra vez, por mucho que nos disfracemos seguimos siendo el animal que allí se guardase…

El afán de Mario consistía en producir mayormente emociones, y se le daba bien. Existía en su interior una inteligencia innata, aumentada con el ensayo; conectaba emocionalmente con el público. Sus movimientos se podían denominar coreografía, apenas ensayada y sí pensada, consecuencia de los años de ensayo-error y mucho de intuición. Una experiencia que se perdería con él.

El director intentó introducir a un discípulo; los años pasaban para los dos, pero Mario no aceptó. Luego se lo propuso a Elisa. Le dijo que podía dar el paso y entrar en el recinto; los dos formarían un tándem perfecto, podrían tener hijos, nacerían en cautividad, así se cerraría un círculo perfecto. Al soltar estas palabras, el director puso cara de satisfacción. A Elisa le molestó muchísimo la proposición; se contuvo y siguió siendo comedida y correcta, como ella era. Le contestó que intentaría lo contrario: que Mario dejase aquella cárcel deseada y cumplida y se fuese con ella, fuera, no necesariamente entre la gente. Juntos podrían triunfar o, al menos, sobrevivir de lo que les gustaba, llevar su arte a galerías, aunque ellos se escondiesen. El mundo se puede tomar de muchas maneras; se puede vivir sin encerrarse y sin mostrarse. Los dos juntos se sentirían menos bichos raros; seríamos famosos sin rostro, sin que nos conociesen. Le puso un ejemplo al director: el de ese tal Bansky, del que no se conoce su identidad pero sí su obra. Harían algo parecido; quizás Mario de aquella manera sí aceptara. El director se arrepintió de haberle preguntado. Le asaltó el miedo. ¿Qué haría a estas alturas sin el animal que allí se guardase…?

El director se sentía viejo y a la vez imprescindible, con una trayectoria que debía proteger. No contemplaba jubilarse; el zoológico era su única vida, literalmente, residía dentro del recinto, sobre el edificio de venta de entradas, y apenas salía para visitar a una hermana y dos tías por compromiso. Su mujer y sus hijos lo habían abandonado hacía años; había perdido el contacto con ellos. Su existencia se encontraba ligada a Mario y a los demás animales, indisolublemente. De la noche a la mañana, le comunicó a Elisa que prescindía de sus servicios; cerraría la Caseta del Arte. Lo había decidido a partir de la respuesta; desde entonces, se había mantenido en un estado de desasosiego que no conseguía gestionar. No lo había querido ver; se le cayó la venda de los ojos: entre Mario y Elisa había crecido más que una conexión artística. Se hablaban apenas nada, y la distancia física era lo suficientemente alejada, pero su sentido de la pintura los unía. Elisa era un peligro, un obstáculo para la felicidad y tranquilidad del director; no era una mujer dócil y no pararía hasta convencerlo o desorientarlo. No le dijo nada a Mario porque pensó que no sería buena idea decírselo; hacía años que no se hablaban directamente. Se comunicaban con notas dejadas en el pequeño recinto que los cuidadores usaban para dejar la comida y los materiales de dibujo. Los diálogos no profundizaban más allá de cuestiones técnicas o de trabajo, como ellos las denominaban; ninguna pregunta personal. Se autoconvenció de que era exclusivamente una cuestión de trabajo el despido de Elisa.

Era las manos y sensibilidad de Mario fuera del recinto, cómo se comunicaba con los alumnos, y conocía que el cierre de la Caseta del Arte repercutiría en los ingresos del zoológico, pero no se le ocurrió nada mejor. Lo que funcionaba como un engranaje engrasado estaba a punto de perder su control; hiciese lo que hiciese, se decantó por esconder la cabeza y esperar a que pasase la tempestad con el mínimo daño posible.

El lunes era día de cierre para los visitantes, pero no para la mayoría de los trabajadores. Se aprovechaba para realizar las rutinas de mantenimiento, los análisis de sangre, los test de salud en general a todos los animales, etc. Elisa solía llegar el lunes temprano para organizar la Caseta del Arte y tenerla lista el resto de la semana. Siempre se acercaba al ventanal del habitáculo de Mario, y este le enseñaba el último cuadro que estaba pintando; a veces era simplemente un boceto. Por señas o palabras que debían ser gritadas —pues el cristal era bastante grueso—, se explicaban por dónde encaminarse esa semana en las clases de historia de pintura. A pesar del relativamente poco tiempo desde que se conocían, se entendían a veces hablándose en voz normal, sin oírse, con observaciones cargadas de ternura enviadas con gestos, ayudados por el movimiento de los labios.

El lunes la echó en falta, pensó en alguna enfermedad; no había faltado un solo día desde que comenzó a trabajar. Esperó una explicación del director; no llegó con la entrega de materiales. Escribió una nota reclamando que se la dieran. No se pudo concentrar en la pintura ni en ningún otro quehacer, deambuló ante el plomizo calor y un cielo blanquecino como de fiebre. Tal vez no fuese nada, pero si no lo fuese, se lo habrían dicho. No paraba de andar; la ansiedad no le dejaba sentarse, le caían ríos de sudor por la espalda, el calor era sofocante, se sentía impotente, mal, perdido completamente por primera vez desde que era el animal que allí se guardase…

Le sobrevino la sensación de estar atrapado, y añadidos como rémoras, la respiración dificultosa y los recuerdos recurrentes: esa vida en el exterior llena de incertidumbre, volvía yerma, absurda e improductiva. Sintió miedo de caer de nuevo en los abismos de la ansiedad, los altibajos en el ánimo, las diversas depresiones de las que emergió a base de pastillas y ayuda profesional. Sin embargo, algunas cosas había aprendido allí dentro: a que la gestión pautada del tiempo lo mantenía cuerdo, a que las miradas del público le obligaban a sonreír y a hacer lo que se esperaba de él. Pocos puntos y sencillos, pero le sostenían como los contrafuertes de un muro, y aunque le asaltó el miedo, se notaba más seguro para afrontar lo que fuese.

Fue un día de lucha en la que no ganó ningún bando, suficiente para sentirse ganador. A eso del anochecer, observó que en la Caseta del Arte se había encendido una luz. Pudo verla a través de la cristalera: Elisa recogía objetos diversos, escogiéndolos e introduciéndolos en unas cajas de cartón colocadas fuera sobre una carretilla. No había duda, se marchaba.

Corrió hacia el foso, gritó, aulló, golpeó las alambradas, saltó, ladró, gruñó. Elisa salió alarmada; debía haber hecho la mudanza con la luz del sol para que Mario no se hubiera dado cuenta, un error tal vez cometido conscientemente. Nunca se habían tocado, no habían estado físicamente más cerca de lo que le separaba un cristal. Siempre pensó que, afortunadamente, sin embargo, por algún motivo necesitaba acercarse, aunque fuese por primera y última vez, y sentirlo, olerlo. Pero no podía ser: el foso, las alturas de las alambradas, era un lugar inaccesible, y tampoco le abrirían. Sabía que el director habría dado la orden de prohibírselo. El desconcierto la mantuvo bloqueada entre si gritar o llorar en solitario detrás de la caseta.

Le volvió la cordura y la iniciativa; decidió irse sin despedirse, ni siquiera lo miró, mandaría a alguien a por sus cosas. No podía entrar y esclavizarse, era la única opción que le entregaba Mario. Se mantendría siendo un bicho raro que se movía por el mundo siendo invisible y casi que ya le gustaba, mejor que ser protagonista detrás de unas rejas. El arte era su vida; aunque con poco o ningún éxito debía seguir su pasión, su obligación. Algo intangible tiraba de ella desde pequeña; debía seguirlo hasta el fin de sus días, no podía quedarse allí.

Mario, en su singular valentía o locura, única en el mundo, había consentido estar expuesto a costa de su libertad exterior y de su tranquilidad interior; era una opción a la que ella no se entregaría, seguiría libre, confusa, perdida, con los miedos y limitaciones propias de ser mujer, y lucharía por romperlas. No pertenecería al animal que allí se guardase… ni a otro animal.

El animal que allí se guardase… gimió aquella noche de un lunes hasta dormirse por haberse quedado solo. Le educaron en la tradición más ortodoxa, y él se encargó de que no se diluyera con las nuevas ideas que podrían estar allí fuera, contaminando las cabezas. Ya era de verdad un auténtico espécimen del pasado, del que todavía abundan las calles; un ser mitológico que daría miedo desde ese día. La única mujer con la que conectó en su vida huyó, y solo sus propias rejas consiguieron que no la persiguiera como a una presa.

Aulló unos días después de que la viese marchar; se agarraba a las verjas y arqueaba el pecho. Había mejorado la técnica desde el primer día; la luna dormía mientras él intentaba despertarla. Los demás animales descansaban, salvo los de hábitos nocturnos. El zoológico se mantenía invariable y eso le tranquilizaba. Nunca se expondría al presente o al futuro a cambio de la libertad, no la perseguiría, aunque ganas y argumentos ancestrales no le faltaban.

Mario no habló nunca más, dejó de pintar, no era más que un copista imperfecto de la historia. Carecía de esa chispa que le contagiaba Elisa; se integró como uno más entre las demás fieras. El director murió antes que él. Llegaron otros que no conocían exactamente la historia, que intentaron comprender el porqué de mantener a un hombre encerrado; se dieron pronto cuenta de que el dinero manda. Era el mayor espectáculo; cada día cientos de espectadores se apostaban a observar cómo se movía, hacía fuego, comía, andaba, se iba haciendo viejo…

Elisa lo leyó en el periódico: «El animal que allí se guardase… había muerto». Se sintió vacía; un tramo de sus recuerdos no funcionaba si él no estaba. Seguía manteniéndose económicamente a duras penas; su condición de mujer no ayudaba a triunfar en el arte. El mundo había cambiado sus colores, pero poco los trazos. Había vendido unos pocos cuadros desde entonces, vivía en un pequeño apartamento buhardilla donde los amontonaba; ocupaban casi todo el espacio, apenas quedaba su hueco pequeño para dormir. Pintaba en la terraza techada a merced de la temperatura, observaba para relajarse, de cuando en cuando, la calle; a menudo se preguntaba por los animales no guardados, andando por ella.

Pensó en la suerte que tuvo, ella que no creía en la fortuna y sí en las decisiones erradas o acertadas. Visto con lejanía, sentía que las decisiones tomadas nacieron del propio vientre de la suerte. Mario se sabía un peligro y se guardó en la jaula del animal que allí se guardase… y ella decidió acertadamente alejarse de la cárcel que le ofrecía. Cerró la página del periódico, dejó la noticia flotar en el recuerdo, alejándose arrastrada por corrientes. Con las ideas bulléndole, se dirigió al cuadro que tenía a medio terminar.

Pensó: el rojo es tan buen color como cualquier otro para pintar el cielo de una noche silenciosa, apacible, cálida, en la que se levanta entre las montañas la luna llena para alumbrar las líneas de la mano. ¿Qué quieren decir?, que la solitaria mujer que las contempla las quiere plasmar vivas; todo vive, no existe la materia inerte, y quien quiera devolver barreras al espacio, a la tierra que es invisible o negra, lo haré desaparecer, emborronándolo; ese es todo mi poder…

Extraño día de playa

El aspecto no deja de ser importante, a menudo llega a ser un problema, se interpone entre las personas, enfurruña sus pensamientos, como el profundo y frondoso bosque de hoja caduca esconde las atrocidades que suceden en su interior. Mis pechos aún se mantienen en su lugar, mis piernas son musculosas, no tanto para que terminen siendo feas, estoy orgullosa de ellas, no sé qué significa ni por qué lo digo; estar orgullosa de una parte del cuerpo es raro, como si se hubiesen independizado igual que una hija o un hijo y anduviesen por lugares ellas solas y pateasen objetos que deberían haber sido movidos hace tiempo. Es una forma extraña de expresar que me gustan mucho mis piernas, y es verdad: cuanto más las observo, más opino que no las merezco. Mi vientre es más bien plano, menos cuando me doy esos pantagruélicos atracones; casi se me marcan los abdominales. Con los bíceps creo que me he pasado, tengo pinta de matona, será que me gusta; ¿por qué si no me hice tatuar un tigre y un guerrero samurái respectivamente en el antebrazo derecho e izquierdo? En realidad no lo sé, no podría contestarlo con claridad; fue un arrebato de juventud que me la rememora. La idea de parecer más agresiva me sigue gustando, aunque a veces dude que sea buena idea a mi edad. Debo dejar de darle tanto a las mancuernas unas semanas. Necesito aparentar ser una dulce madre, qué absurdo concepto; nada que no arregle una camisa de mangas largas y algo anchas y dejarse llevar unos días por el sedentarismo. Sin pasarse, que luego cuesta volver. No sé si lo conseguiré. Es tan difícil dejarse como lo fue comenzar. Mis rutinas no las cambio por nada. Habrán pasado al menos quince años; no transcurre un día, o raramente, sin que corra o vaya al gimnasio. Me he convertido en una mujer tenaz, y no lo era; al parecer no nací así. Cuando pequeña, nadie —al menos que no fuese un deseo de mi madre o de mi padre— habría expresado que yo, Elisa, llegaría a ser alguien con esta gran fuerza de voluntad. Ese es mi rasgo más característico y el que más ha moldeado mi aspecto. Por tanto, cuando se dice que lo importante es el interior, siempre expreso mi aprobación. El interior moldea el exterior mucho más y mejor que el bisturí o esa sustancia otrora veneno, ahora de moda, la toxina botulínica. Pero necesito relajarme, parecer más asentada, acaso aburrida —no sería la palabra—, quizás convencional. Se me olvidaba el corte de pelo; tengo que hacer algo con el flequillo. En la peluquería sabrán lo que se lleva hoy en día; yo no tengo ni idea. Me gusta estar, y sobre todo sentirme, desnuda frente al espejo y pensar lo que va a ser de mi vida. Este momento no me lo quita nadie, ni las futuras frustraciones, ni los idiotas que pululan tras abrir la puerta de la calle. Aquí dentro no he dejado nunca que entrase ninguno, al menos a quedarse; no digo que no pusiera un pie y luego otro, y se sentara en el sofá, y le sirviese una cerveza o una copa, y hablásemos —de eso poco querría— y, sin mucho insistir, nos acostásemos. A nadie le amarga un dulce. Pero los dulces, al día siguiente, se levantan pochos, revenidos, y a veces piensan —esto es mucho decir— que han puesto una pica en Flandes y que podrían conseguirte como parte de sus posesiones. Para eso sirven estas piernas: para patearlos si se resisten. Nadie es perfecto, todas cometemos errores, pero no pienso perpetuarlos ni regodearme en ellos; el error, allí donde se produjo, se quede.

No suelo mentirme, pero como todas y todos necesito mi dosis diaria para que no me duela demasiado la realidad. El espejo es un buen antídoto: desnuda, con la cara lavada, el pelo mojado, él me devuelve la verdad de mi cuerpo y no consigo timarme, no consigo entristecerme. Por muy arisca y yerma que resulte mi cara o mis modales, la que se encuentra dentro intenta que yo sonría y suavice mi natural tensión.

Ha sido un día especial. Lo que me ha ocurrido se puede catalogar de chocante. Aunque lo de puntuar o clasificar no es lo mío, a veces, cuando la gente se extraña por un hecho, yo ni me canteo; lo considero normal. Y, al contrario, existen actos cotidianos en los que los demás miran para otro lado u obvian por intrascendentales y a mí me alteran sobremanera. Por dar unas muestras, ya sé que no soy única y que son preocupaciones de muchos y muchas, pero no somos la mayoría: por ejemplo, la indolencia de la sociedad ante esas personas durmiendo, acostadas a veces todo el día en la calle, sin ir más lejos en los soportales de este edificio; los puestos de trabajo cada día más precarios por nuestra posición de consumidores depredadores —llamo así a las personas que quieren solamente poseer cosas y les importa poco su calidad—, consiguen que los procesos se precaricen, añadiendo a esto su propia dignidad; pero les importa un bledo. Llenan su vida de cosas porque ellas mismas se consideran un producto, meros objetos; les da miedo enfrentarse al mundo, al espejo desnudas, y necesitan colgarse o pegarse a lo que sea. Y qué decir de la basura: allá donde mires y no se haya limpiado, millones de trocitos de plástico afean el mundo; no lo soporto. A mucha gente parece no importarle y andan entre ellos como si no existieran.

Esta mañana me he levantado a eso de las seis, como siempre. Espera que lo apunte en el diario: ¿dónde lo dejé ayer? Aquí
lo tengo. Me sentaré en la cama; me sigo viendo en el espejo,
necesito verme para hablarme, si no sería como si las ideas se
quedaran dentro dando vueltas centrifugando en una lavadora.
El espejo inventa un trayecto aéreo; aunque rápido, consigue que
todo vuele un trecho por el aire libre y se airee rebotando para
volver más luminoso.

He desayunado un poco, y a los quince minutos he bajado
a correr como hago mínimo cinco días a la semana, cuando
puedo porque yo me lo permito (trabajo desde casa). Nado en
la playa un rato, aunque por las tardes, en la piscina, me toque
también entrenamiento. Hoy he hecho los estiramientos y he
estado volviendo al reposo caminando por la arena de la playa; a
lo lejos, los grandes focos de las máquinas limpiadoras de arena,
y entre ellos y yo aún quedaba al menos quinientos metros. Vi
una figura sentada, acurrucada. Al acercarme, se fue conformando
en un muchacho; sentí algo de miedo o aprensión, quizá. Pensé
que se encontraba drogado con alcohol u otra sustancia; me dio
vergüenza subir hasta el paseo marítimo, no quería huir por una
idea preconcebida. Soy así: lucho contra los prejuicios que todas
y todos tenemos instalados en nuestras mentes, son inevitables. La
inteligencia, pienso yo, sirve para luchar contra ellos. No obstante,
apreté los puños instintivamente, alteré el paso haciéndolo más
rápido y aparentemente más seguro. El muchacho era un bulto
inerte, rompiendo y a la vez inserto en la atmósfera azul oscura;
no sabría describir el color con palabras. Quien haya estado a esas
horas con los ojos abiertos en un lugar alejado de la polución
del aire sabrá a qué me refiero: es una coloración que no puede

albergar seres reales. El muchacho respiraba profundamente o acababa de llorar; se estiró y giró la cabeza percibiéndome, parecía mirar a través de mí. Lo conocía: era el hijo de una antigua amiga y compañera de cuando trabajaba en asistencia al cliente de unos grandes almacenes. Pueden haber pasado más de veinte años; no había cambiado demasiado. Lo recordaba correteando esperando a su madre, Adriana, junto a su padre, al que no recuerdo el nombre —podría ser Mario, es irrelevante—; corría como revolotea una mariposa alrededor de las flores, deteniéndose por momentos entre las piernas del padre o sobre las faldas pantalón del uniforme de la madre. Fue tantas veces a esperarla que conseguí cierta confianza con él; le entregaba pequeños regalos, muestras o restos que andaban por ahí, en los mostradores o en los almacenes. Me daba las gracias con un resuelto y adulto agradecimiento. A veces se sentaba en uno de los taburetes y me contaba un fragmento de cualquier cuento a su manera, inventándoselo con media lengua, o me preguntaba sin parar repitiendo un «por qué» con su voz aguda. Sin duda era él. Me atreví a acercarme, le pregunté por su madre. Encogió los hombros expresando extrañeza. Como es natural, no se acordaba de mí.

—Soy amiga de tu madre, hace tiempo que perdimos el contacto —le dije.

No contestó y volvió a sumergir su cabeza en las rodillas. Pensé que tal vez me estuviese equivocando y no era aquel niño; han pasado muchos años. Disculpándome, decidí seguir mi camino. Cuando llevaba unos metros andados, sentí una mano en el hombro. Me volví.

Espetó, como dándole miedo mi reacción:

—Mi madre murió hace ya diez años.

—Lo siento —le dije, me abracé a él sin pensarlo.

Me preguntó:

—¿Quieres hablar?

—Claro —contesté.

Andamos un trecho apenas sin dirigirnos la palabra, salvo pequeñas observaciones sobre el tiempo, el día que iba a hacer y, sobre todo, la tranquilidad que se respiraba en el ambiente: no se movía una hoja, y esa humedad envolvente te hacía sudar y, al mismo tiempo, sentir frío cuando se levantaba una incipiente brisa, algo agradable para mí y, por lo visto, también para él. Nos dirigimos a una cafetería del paseo marítimo. Se estableció entre nosotros una cierta familiaridad, como si estos veinte años no hubiesen ocurrido. Él no se acordaba de mí, pero me expresó que era como si me conociera. Yo le indiqué que no había cambiado nada.

Le expliqué sus correrías por la pequeña sala de atención al cliente; fuera de allí, nunca lo había visto, aunque su madre y yo éramos muy buenas amigas. Quedábamos a tomar café, incluso unos meses salimos a andar, nos apuntamos a unas clases de baile en las que permanecimos también poco tiempo; en fin, a varias cosas, pero ella siempre iba sola. El niño se quedaba con su padre, y no sé el porqué, cuando sugería acercarme a su casa, siempre cambiaba de tema o ponía una excusa. Tampoco insistí: a su marido no le gustarían las visitas. No creo que llegase a pensar cosas peores; en esa época no estaba tan concienciada con la violencia de género. Concluí que era un tipo raro, no pasó de ahí. No encontré en ella tristeza; era una persona positiva y bastante sonriente, menos cuando se marchaba cogida de la mano de Mario, o como se llamase. Conmigo era a veces hasta demasiado impetuosa. Yo necesito tranquilidad de cuando en cuando; no puedo mantener un grado de excitación —llamémosle socialización— continuo, y ella era lo contrario: hablaba y hablaba con una energía inusitada, menos, como he dicho antes, cuando se marchaba cogida del brazo de su marido. Entonces se convertía en un ser silencioso, susurraba un adiós sin mirada y se alejaba saliendo por la puerta sin una palabra en su boca, ni siquiera a punto de decirla, algo difícil de concebir en ella.

No se acordaba de nada de lo que estaba diciéndole, siquiera que su madre hubiera trabajado en donde le decía. Le pregunté su nombre. Me respondió Saviano, como mi abuelo. No me sonaba; me parecía que se llamaba de otro modo, pero la verdad es que lo había olvidado o mezclado completamente con otros recuerdos y podía ser. La conversación resultó amena y agradable, y algo más. Le pregunté por qué lloraba cuando nos vimos. Soy así de directa o inoportuna, no sabría decir. No le sentó mal; se abrió hacia mí completamente. Lloraba porque nadie lo entendía, y es más, porque no entendía el mundo. Sentía un vacío inmenso, no conseguía encontrar su camino por más que lo había buscado, seguramente por los sitios más desatinados, apuntó. Me sorprendió su sinceridad ante una desconocida, por muy amiga de su madre que hubiera sido. Me impactó su sufrimiento; lo adornaba con una sonrisa educada.

Me salió abrazarlo, impulsarlo sobre mi pecho con todas mis fuerzas hasta notar que el terremoto, la ansiedad, cejaba y abandonaba aquel cuerpo fibroso y grácil. No lo hice; sin embargo, le di un beso paliativo en la comisura de los labios. No se sorprendió y buscó mis labios, y yo sus espaldas anchas. El día nos sorprendió fundidos, saboreándonos. Hasta que algunas miradas me hicieron recordar mi edad y la suya. El paseo marítimo estaba repleto de gente andando y corriendo; la terraza se había llenado. Me entró una gran vergüenza en cuanto advertí, de repente y sin esperarlo, la diferencia de edad. Me costó soltarme, pero lo hice inmediatamente. Él, como yo, se encontraba en un trance entre sorprendido y expectante. Poco podíamos decirnos. Me asaltaron preguntas, pero estaba deseando deshacerme de ellas y seguir agarrada a sus hombros sin que nada se interpusiese, y menos aquellas miradas impertinentes que me hacían sentir mayor.

¿Era una mera atracción física? ¿Y qué más me daba? Sentía libertad, no tengo que darle cuentas a nadie. Aún separados a la fuerza, decidimos sonreír, pedimos otro café y hablamos de todo; nos dimos cuenta de que éramos almas gemelas. A ráfagas, la enemiga que llevo dentro intentaba boicotearme al observar su piel y sus rasgos juveniles, obviando sus palabras inteligentes y juiciosas, o al atisbar en el reflejo del cristal de la mesa mis ojeras y esas arrugas de las que a veces me siento orgullosa y que pueden ser hermosas, pero que delatan una cierta edad a la que no estoy dispuesta a colocarle número.

Me preguntó:

—¿Tienes algo que hacer?

—Trabajo.

—¿Y a qué hora entras?

—Lo hago desde casa, traduzco series y películas, escribo los subtítulos. ¿Por qué lo dices? Puedo darme el día libre; voy bien de tiempo, llevo al día los pedidos, mañana le dedicaré más horas.

—Podemos pasar un día de playa, no recuerdo cuándo fue el último, creo que tendría diez años, antes de que…

—¿Qué le ocurrió a tu madre?

—La mató mi padre.

Agachó la cabeza y la levantó enarbolando una sonrisa forzada. Me dijo que no quería llorar.

Yo sí lloré. Le dije que no me contase nada más; no quería saber, al menos en ese momento. No debíamos mezclar sentimientos tan fuertes en tan poco tiempo. Le agarré las manos mirándole a los ojos. Espeté entusiasmada: «¡Pasemos un buen día de playa!».

Nos allegamos aquí, a casa: yo a por mi bañador, una sombrilla y la toalla; llené una bolsa de fruta, agua, comeríamos en un chiringuito, y nos fuimos en su coche alejándonos de la ciudad, a una de las playas de aguas y arenas limpias del parque natural.

Elegimos el lugar; el ambiente era inmejorable, no hacía mucho calor, una ligera brisa nos acompañaba y su cuerpo no podía ser más apetecible, mejoraba sin camiseta. A él debía gustarle también el mío. Durante toda la mañana no aprecié el movimiento del tiempo, ni el hambre que debía tener; gracias a la sombrilla no nos quemamos, tampoco habríamos reparado en esto. En un intervalo de realidad miramos el reloj y decidimos que debíamos ir a comer. En el chiringuito, más comedidos, no tuvimos más remedio que hablar. Yo no quería que soltase nada de lo que pensaba; es más, me escabullía entre la conversación, no era el momento ni el día. Apenas lo intentó porque comprendió que no debía contagiarme su tristeza; a cambio, se dejó inocular de mi ímpetu y optimismo.

Había cambiado mucho, y no me refiero a lo obvio: su mirada poseía un fondo lóbrego y macilento, aunque su juventud paliaba el resultado. Esta mezcla lo convertía en irresistible. Un joven triste es un ser enigmático y potencialmente peligroso, lo sé. El parecer poseer secretos, pensamientos y peleas interiores lo convierten en complicado, y eso me gusta, me atrae. De cuando lo recuerdo pequeño, era completamente animoso, con una vitalidad infinita y con una verborrea que hoy en día habría sido un tremendo obstáculo del que hubiese huido rápidamente, pero que de niño lo convertía en una preciosidad.

Nos limitamos a seguir las usanzas de los recién enamorados: hablar de nuestros gustos, temores y anhelos, de nuestros proyectos de futuro, que en él eran paradójicamente más pobres, limitando sus pretensiones a trabajar de lo que fuese. Había terminado la carrera de Magisterio y no se veía a sí mismo estudiando diez horas al día para preparar unas oposiciones. Sin profundizar demasiado, me dio a entender que estaba solo, que no le faltaba el dinero necesario para valerse y que agarraría cualquier trabajo que lo mantuviese ocupado. Mis proyectos de futuro siempre han sido más elaborados; no quería abrumarle. Resumiendo, en poco tiempo estaría preparada para mi primer triatlón y empezaría a profundizar, prepararme para trabajar en traducción de un cuarto idioma: el chino, del que ya podía mantener una conversación coloquial.

También le dije que necesitaba parar unas semanas o, al menos, bajar esta preparación física tan exhaustiva y parecer una mujer —yo la llamaría antigua—. Y entonces me fui por las ramas, por mis ramas, y seguí hablándole. No obstante, existen hoy en día —y al parecer seguirán existiendo para deleite de los hombres también antiguos— la modernidad nunca llega, aunque siempre se la nombre. La modernidad es una utopía de tantas; la paradoja reside en que, sin afanarse en buscarla, no se producirían avances. A veces se la manosea demasiado y se usa para engañar y hacernos creer que todo está conseguido. Nos quieren débiles y entretenidas trabajando para ellos, nos dejan mandar esporádicamente para mantener el grado de bonhomía de la sociedad a raya. Sin embargo, existimos las mujeres listas, como efectivamente existen hombres listos tejiendo la urdimbre que intentamos desembobinar. Cada día el tejido es más sutil e invisible y, por consiguiente, es más complicado desenmascararlo. Los tontos usan la oscuridad y las frases e ideas precocinadas para mantener el statu quo, y las tontas no necesitan cárceles para vivir encerradas.

Lo nuestro, es obvio, no debe pasar de una atracción física; no funcionaría una relación más seria. A estas alturas yo no aspiro a más. Él es, en cierto modo, en su comportamiento, más viejo que yo: se comporta como si, y sin el cómo, un gran peso se apoyase en sus espaldas, y por lo escaso que me ha contado sobre su vida, no me extraña…

Volvimos a la playa a tumbarnos en la arena. Quedaba poca gente, alejada una de otra. Nos desnudamos, nos adentramos en el agua calma que nos acogió con bondad templada, nadamos por separado sintiéndonos libres, nos abrazamos, nos besamos con el ímpetu adolescente del cuerpo rebullendo. Me sentí deseada y lo dejaba hacer con esa torpeza del deseo sin demasiada experiencia. Manoteábamos separándonos, nadábamos para atrás haciéndonos los muertos con los cuerpos en aspa. Se podría considerar un baile acuático con deseo febril, reposo y silencio, en el que ningún paso se encontraba definido. Nunca había tenido sexo dentro del agua, y menos en un lugar público; una enajenación aliada con sensaciones olvidadas hace años me arrastró. Dejé de advertir que no me separaban paredes, algo tan importante para mí como el hogar, la casa, el centro y refugio, y me fundí cósmicamente con el sonido acogedor del mar que sueña, del mar que conversa, del mar que rompe contra la tierra rogándole sumar sus destinos. Dejé de ser alguien por un tiempo y las sensaciones olvidadas y acumuladas en aquel lugar recóndito de la genética me arrancaban alaridos, a los que enmudecía parcialmente por timidez.

Salimos; anochecía y parecía cerrarse un círculo. Las sombras que nos habían hecho reencontrarnos volvían y él se me hizo extraño. A la oscuridad parecía más rubio y joven, con menos sufrimiento; sonreía, hablaba y quería contarme. Se encontraba embriagado; yo no le dejé porque todavía la cordura no me había abandonado sola en el mundo. Le puse la mano en la boca y le dije: cállate, si vienen más días veremos, ya analizaremos los pros y los contras, pondremos sobre la mesa nuestros pasados, y si después todavía construimos más días hablaremos del futuro y, por consiguiente, necesitaremos planes. Pero hoy es solo hoy; son ya bastantes obstáculos como para afrontarlos de repente. Hemos disfrutado, me he sentido muy bien, no necesito que me prometas nada, acompáñame a casa.

Me hizo caso, dejó de contarme. Nos vestimos. Vinimos aquí; durante los veinte minutos del trayecto escuchamos una emisora de radio especializada en *rock*, comentamos apenas cosas que nos llamaron la atención del paisaje. Entró en casa, se quedó en el salón, no lo invité a entrar más; mi primer impulso fue despedirlo. Me dio pena, sentíamos bastante hambre, no podía dejarlo ir así; le ofrecí comer, abrí unas latas y descongelé una barra de pan, saqué unas cervezas, encendí la televisión, dejé el telediario y comentamos por encima las noticias.

El día de playa quedaba ya muy lejos; habíamos comenzado a coincidir poco en nuestras opiniones y apreciaciones, por no apuntar que en prácticamente nada. El sexo podría llamarse un recuerdo bastante placentero que, si se repitiese, ampliaría también estos ratos aburridos entre los dos. Yo, al menos, sabía que se había acabado; una despedida para siempre sería lo mejor. Entonces me preguntó por algo que yo había comentado. La pregunta me dejó noqueada; no tenía la obligación de contestarla, podía despedirlo taxativamente. Lo había hecho otras veces sin remordimientos: ¿por qué había dicho que debía suavizar mi cuerpo, y que en pocos días necesitaba parecer —no me gusta nada la palabra que voy a escribir, pero la transcribo tal cual— femenina? Por algún motivo sentí que debía contestarle.

Qué paradójico me parece que, al escribirlo en este momento mirándome desnuda en el espejo, se explica: su curiosidad se está convirtiendo con la misma intensidad en mi vanidad. El brillo de la vanidad produce oscuridad, empuja a cometer actos insustanciales y arriesgados al mismo tiempo. Sin embargo, posee un no sé qué embriagador, un perfume que crea una atmósfera placentera; no nos importa que esté vacía.

Le dije:

—Te lo voy a contar, con la condición de que luego te vayas e intentemos no vernos. Te voy a poner en antecedentes. ¿Has advertido los músculos de mis brazos?

—Y de los del resto del cuerpo —contestó.

—¿No me hacen parecer agresiva, masculina?

—No me lo has parecido en absoluto.

—No es que yo lo piense, pero estoy muy nerviosa; será una tontería, espero un encuentro muy especial, de repente me veo rara frente al espejo.

—¿Sí?

—Tuve una hija, tendrá unos cuatro años menos que tú; me despidieron cuando no pude ocultar más el embarazo. La relación con tu madre desapareció de la noche a la mañana; la otra media parte responsable me dejó, era un muchacho —visto desde la experiencia, medio tonto—, no lo he vuelto a ver afortunadamente. Y mis padres, además, no querían saber de mí más que buenas noticias, o lo que es lo mismo, un casamiento con alguien que me mantuviese y, como mucho, verme de vez en cuando. Nuestra relación no era muy buena, básicamente por mí; no los soportaba, me sentía rebelde con causa, chocaba muchísimo con ellos, sobre todo con mi padre. Mi madre, básicamente, sufría, sufría todo el tiempo y mucho; no les comuniqué ni las buenas ni las malas noticias —estas eran más abundantes por aquel entonces—. Me vi en la calle y luego entré con una patada en una casa de okupa, abandoné a mi hija sin apenas remordimientos, renuncié a ella para que alguien con recursos la adoptara. No la recuerdo, pues no quise fijarme en sus rasgos para no buscarla luego entre la gente.

A pesar de lo oculta que estoy y me siento, vivo lejos de mi familia y de donde la dejé; rompí radicalmente con el pasado y conseguí labrarme un presente y un futuro al menos confortable. Y ahora que lo pienso, también me encuentro lejos de donde trabajaba con tu madre. A pesar de la distancia, ha conseguido encontrarme. Me llamó por teléfono, me dijo con una voz que me pareció haber oído antes, que necesitaba hablar conmigo, y yo no sé qué puedo hablar con ella, cómo explicárselo; me siento culpable cuando la había olvidado casi por completo. Espero al menos que haya sido feliz; así sentiría no haberme equivocado.

—Hiciste bien. Si no la hubieses dejado, no podrías haber estudiado y trabajado al mismo tiempo; te habría ido peor, y a ella seguramente también.

—No se puede saber. No se puede desandar y andar al mismo tiempo, así que me conformaré con que no me haya llamado para increparme o algo parecido.

—No lo creo.

—No me acepto como madre, me veo extraña en este cuerpo cuando tanto trabajo me ha costado. Se ha producido en mí una metamorfosis interior que quiere romper mi piel para salir, que mira a través de mis ojos y no le gusta lo que ve.

—Es normal que te sientas así, que te produzca una montaña rusa de sentimientos; lo raro sería lo contrario. Es un tsunami del pasado que trae arrastrando todo lo que dejaste atrás, que fue mucho por lo que me estás contando.

—Es una paranoia irreal; no sé nada de ella, quizás se parezca a mí, pero al mismo tiempo en mi imaginación se suceden tantas conversaciones, y en ellas me siento tan ajena, tan fuera de sitio. Ella esperará una madre y me encontrará a mí.

—No sé, me cuesta mucho ponerme en tu lugar; yo creo que no debes anticiparte, ella esperará lo que sea, tú eres como eres, nada está mal o bien por sí solo, nadie es un cuerpo o un músculo, déjate llevar por la situación, no sé qué más decirte.

—Eso va bien.

Me ha reconfortado hablar con él, es una persona más madura de lo que parece. Hemos seguido hablando de algunas cosas más. Se ha hecho tarde, tenía que marcharse; por la mañana debía levantarse temprano para una entrevista. Lo he acompañado a la puerta. Nos hemos despedido con un beso en las mejillas, sin más. Es un joven estupendo.

Después, al cerrar la puerta, se me ha ocurrido que no le había preguntado dónde estaba enterrada Adriana, al menos para visitar su tumba, llevarle flores, llorarla unos minutos y enterarme también de dónde se encontraba Mario, para gritarle, increparle o mandarle cartas de odio. Lo he llamado por el interfono; se ha puesto y le he preguntado: «¿Dónde está Adriana?». Me ha respondido: «Mi madre no se llamaba Adriana».

He esperado más palabras, una explicación, hasta que he balbuceado llamándolo y no ha contestado. He bajado de dos en dos las escaleras; al ver que no estaba, he corrido la calle hacia una dirección, seguramente la equivocada. No lo he encontrado. He vuelto, me he desnudado frente al espejo, y aquí estoy hablándome, escribiendo en este diario para intentar que el olvido no se asiente en este extraño día de playa…

La enfermera de los ojos grandes

Entraba Adib a la consulta de la enfermera de los ojos grandes con su último dibujo debajo del brazo. Era una mañana luminosa y cálida del mes de marzo, esperaba sus halagos como en la última consulta. Además de su aprobación, su enfermedad crónica lo alejaba o lo acercaba a las personas, según el caso. Cuando se enteraban de su dolencia, le acariciaban la cabeza con expresión penosa, pero ahí terminaban la mayoría de los acercamientos. No sabían cómo continuar, ¿quizás comportándose como si tuviesen un niño de seis años delante? No era un enfermo; se lo había confirmado la enfermera de los ojos grandes, y ella era a la que más se debía hacer caso en ese tema. Le alegraba su postura, y menos o nada las voces de la familia que instigaban a su madre, Baasima, a tratarlo como si fuese el centro del universo, como si hubiera sido construido con cristal.

Tener una enfermedad es un fastidio, pero no te convierte en nada extraño, defendía la madre. Él, sobre todo, es un niño de seis años al que debemos ayudar para que llegue a adulto y no quejarse luego de que no se desenvuelve bien en aquel espacio y tiempo donde se desarrollará la mayor parte de su vida. Su madre era el pilar en el que se asentaba todo cuanto le confería a su vida un halo de normalidad.

Pensaba ajeno en la luz, en el calor, en que ese día sus compañeros de la escuela lo echarían en falta. No se reirían con sus ocurrencias, ¿qué estarían aprendiendo en ese momento? Después, para resarcirse de la envidia y la curiosidad, dibujaría

75

lo que le inducían las vivencias de este día con trazos claros y delimitados. Quizá lo protagonizaría una mujer de ojos grandes a la que no encontraba la sonrisa detrás de la mascarilla, pero sí en la posición acogedora de su voz. Y mañana relataría con esas imágenes, acompañadas de explicaciones, lo que le había ocurrido para conseguir ser el centro de atención.

Le enseñó a la enfermera el dibujo: un mapamundi con figuras caracterizando cada país, por ejemplo, una bailaora sobre España o un canguro sobre Australia. La enfermera se sorprendió agradablemente como la última vez, miró los papeles que le entregó Baasima y le dio la enhorabuena. Todo está controlado. Hablaron un rato y le comentó unas pequeñas correcciones para mejorar los parámetros.

Adib observó que en la ventana un pequeño gorrión picaba un insecto momificado, y que a veces, cuando se aburría de la poca carne que sacaba para el esfuerzo realizado, miraba hacia dentro de la consulta. Era a él a quien dirigía su curiosidad. Los ojos de ambos se cruzaron varias veces. Entre tanto, las dos mujeres hablaban; la enfermera le preguntaba y él contestaba con toda la sapiencia que era capaz. Le gustaba mostrarse inteligente. A veces, sobre todo ante las profesoras o niños mayores, resultaba repelente. Él se daba cuenta de que lo miraban con cierto repelús, pero no iba a cambiar porque a los demás la inteligencia les pareciera engreimiento. Que sepan más, ¿quién se lo impide?

Levantó su dibujo; quería seguir explicándolo.

—Aquí está Groenlandia, la tierra de los osos polares. Viven en el hielo y comen focas. Las focas tienen los ojos grandes.

Entonces se quedó callado mirando a la enfermera como si hubiera dicho algo malo. La madre sonrió, explicando que él la llamaba la enfermera de los ojos grandes. Disculpándolo, le dijo que la había conocido con la mascarilla puesta y los ojos le llamaban la atención. La enfermera rio diciendo que le gustaba el apelativo, y le preguntó:

—Entonces, ¿te gustarán las focas?

Él contestó que también los osos polares, aunque tengan los ojos pequeños. Él no era quien debía elegir; a las focas no les gustarían los osos, y a los osos sí las focas, pero no por la belleza de su mirada. Él no se había inventado el mundo, solamente lo retrataba intentando mostrar únicamente la belleza. Intentaba no posicionarse en bandos; esto no lo dijo, pero en cierto modo lo dejó supuesto cuando se encogió de hombros.

La enfermera observó el dibujo detenidamente. Se sentía agradablemente orgulloso de que esa mirada tan especial se viera cautivada por algo que había hecho él.

—No le falta detalle, eres un artista —le dijo.

El gorrión giraba el cuello apoyado en el alféizar, intentando guardarlo en la memoria. Sonrió, le indicó la jirafa, el león, los pingüinos, observando alternativamente el dibujo y la reacción de la enfermera. Se sentía feliz; merecía la pena haberse saltado la escuela, incluso tener una enfermedad que no comprendía pero que a su madre le ocupaba mucho tiempo.

El gorrión había abandonado al insecto definitivamente, observaba la escena con atención, picaba el cristal, produciendo un ruido metálico imperceptible que se asemejaba a un canto tibetano. Le retumbaba a Adib en el pecho; era una especie de alfabeto, palabras desde el más profundo lugar en el que habita el sentimiento. Le hablaba únicamente a él; ni la enfermera de los ojos grandes ni su madre percibían lo que estaba ocurriendo.

Dijo en voz alta:

—Al dibujo le falta un gorrión. ¿Los gorriones dónde viven?

La enfermera le dijo:

—Creo que en todos sitios donde habitan las personas.

—No puedo dibujar tantos.

—Cuando vengas otra vez, dibújame un solo gorrión que los represente a todos.

Adib sonrió con expresión de sorpresa, como si se hubiera topado con una respuesta que englobaba y respondía a todas las preguntas del mundo. Salió de la consulta dando pequeños saltos que a él se le antojaban flotar durante varios metros. Corrió a la puerta del ambulatorio por si lo esperaba; al llegar, se dio la vuelta y observó ventana por ventana el edificio buscando la de la consulta. Debía estar todavía allí su amigo; así lo sentía. Aquella mirada cómplice que le lanzó no sostenía ninguna duda de que lo esperaría, pero no lo encontraba. Gritó, preguntando:

—¿Mamá, dónde está el gorrión?

Ella respondió:

—No te ha dicho que le dibujes uno cuando vuelvas.

—No digo eso, mi amigo de la consulta, el gorrión de la ventana.

La madre, acostumbrada a la imaginación de su hijo, comentó:

—Se habrá ido también a su casa, es la hora de la comida, lo habrá llamado su madre.

—¿Los gorriones tienen madre?

—Claro, todos tenemos madre; si no, no estaríamos aquí.

Adib agachó la cabeza. Cuánta razón tenían esas palabras. Fuese un gorrión o un niño, ¿qué sería de él sin una madre?

—¿Y volverá? Es mi amigo, me lo ha dicho.

—Si te lo ha dicho, seguro que vuelve, a no ser que no pueda.

—¿Que no pueda?

—No lo sé. Mañana hay que ir a la escuela, y tendrá deberes, y luego a bañarse, cenar y a dormir pronto. Además, no sabemos dónde vive, quizá muy lejos. Lo mismo había venido a la consulta; aunque seáis amigos, será difícil que os podáis ver.

La cara de Adib resplandeció.

—¿Está malo como yo?

—Tú no estás malo; hay algo que no te funciona bien, pero con control te encuentras perfectamente.

Adib imaginó al gorrión entrando en la consulta de la enfermera de los ojos grandes con su madre, piando. La enfermera habría aprendido el idioma de los gorriones para poder ayudarlo. Es verdad, ahora que se acuerda, era muy pequeño, era un niño gorrión. Golpeaba la ventana para entrar; su madre estaría atrás y por eso no la vio. Llevaría bajo las alas un dibujo. Dibujaría el cielo con todo lujo de detalles porque él lo puede ver más cerca, las ramas de los árboles desde arriba, las cocorotas de las personas. Le entró una curiosidad por el cuerpo: ¿qué dibujaría un gorrión? Si él veía el mundo desde el suelo, el gorrión veía el suelo desde el mundo. Si él veía a los animales en libros, en la televisión, en el móvil de mamá o de su hermano, el gorrión los apreciaría directamente porque desde arriba abarcaría todo el mapamundi con un solo vistazo. Sabía que los pájaros tenían muy buena vista: atisbaría a la jirafa sobresalir entre los árboles de la sabana, o a una ballena saltar espumando hectáreas de agua. Si volase muy alto, incluso conseguiría ver brincar a canguros llevando a su cría en la bolsa. Adib caminaba sin peso hacia casa imaginando esto y mil historias más que se desarrollaban en su cabeza. Otra tierra, con todo lujo de detalles, cabía dentro de una bola infinitamente más pequeña. Había dejado el dibujo en la consulta para que los demás lo vieran; ahora lo estaría haciendo el pequeño gorrión. Cuánto le gustaría poder contemplar el dibujo que había llevado. Mientras no volviese a la consulta, se lo imaginaría.

—Mamá, quiero saber cómo se llaman los gorriones. ¿Tienen nombres?

—Seguramente, pero no entendemos lo que dicen.

—La enfermera sí.

La madre rio.

—¿Cómo?

—La enfermera tiene que curar al gorrión pequeño; si no lo entiende, no podría.

—¿De dónde has sacado tú eso?

—Lo vi en la ventana llamando con el pico; le tocaba el turno detrás de nosotros.

—Ves cosas que nadie ve, me asombras. Estabas hablando con la enfermera enseñándole el dibujo.

—Pero el gorrión me dijo que quería ser mi amigo, que él tampoco era un enfermo, tenía una enfermedad, es como yo, pero más pequeño y vuela.

—¿Te dijo?, si no sabes hablar en su idioma.

—Con los ojos.

—Vale, ya lo he comprendido. Dibújalo como le prometiste a la enfermera. Cuando vayamos se lo preguntas; ella sabrá de lo que hablas. Yo es que soy muy torpe para enterarme de ciertas cosas.

A Adib esa noche se le hizo corta, aunque el tiempo se alargase hasta casi el infinito para abarcar los cientos de sueños con historias entrecruzadas, en las que un gorrión era el protagonista, un pajarito de alas pardas y pecho negro, que saltaba de rama en rama con sus patas rosas, y esa mirada escondida tras un antifaz tan expresiva, marchaba volando con alegres aleteos a su escuela aquella mañana después de habérsela saltado el día anterior por ir a la consulta. Los gorriones cantaban, o al menos eso parecía por su gorjear armonioso, la lección. A él le daba envidia, pues no sabía tanto como ellos: aprendían las corrientes de aire, los lugares desde dónde se ven los mejores atardeceres, o aquellos árboles que, por la disposición de las ramas, son más acogedores cuando la noche cubre la tierra; lo que se debe o no debe comer; las miríadas de palabras que designan las nubes, o las de todos los fenómenos atmosféricos, que para los gorriones son infinitas porque no son parcos en adjetivos para la naturaleza como los humanos. Las que llaman a un amanecer sin viento y con el sol ligeramente rojizo; o al levantarse una ligera brisa del este repleta de olor a retama con un cielo limpio y un sol nítido en sus contornos; o al amanecer que trae viento del mar que embroma los colores, haciéndolos parecer iguales cuando no lo son; y el sol entonces se esconde en una lamparita difusa completamente blanca. Cuánto le gustaría conocer esas expresiones; por eso estudiaba con ahínco en la escuela del sueño. Cada sentimiento referente a un fenómeno y momento específico poseía una palabra con la que designarlo. Lo terrible es que nada más despertarse, aunque Adib había aprendido lo máximo que le dio tiempo, se le olvidó lo aprendido, y como buen humano nadie le había enseñado cómo designar a aquella mañana en la que se encontraría con sus compañeros y sentía mucha felicidad, incluso ansiedad. Y el día había comenzado un poco nuboso, cercano a triste; no acababa de desahogarse en lluvia. Si no era con metáforas y hablando mucho, con muchas frases para explicar cada pequeña cosa que se le pasara por la cabeza, no alcanzaba siquiera a intentar comprender un poco. Los gorriones poseían una sola palabra que describía todas esas frases e incluso muchas más. Le daba mucha rabia que se le hubiera olvidado lo aprendido en aquel sueño.

Comenzó la búsqueda del gorrión perfecto. No le contentaba ninguna imagen de las que le enseñaban: él recordaba a su amigo, y le parecía más esbelto, pequeño y grácil, de movimientos concretos, medidos, sincronizados con un pequeño latido de un corazón rápido pero sereno. Aquellos que le enseñaban los encontraba estáticos, incluso los de algún video de YouTube. Les faltaba la mirada que hablaba; eran como autómatas sin carne, huecos, llenos de aire, eran de mentira, hechos para que los viera la gente, animales sin alma, solos, apartados de sus congéneres, neutros, no le comunicaban nada.

Entonces, acompañado y animado por Baasima, una tarde fueron a un pequeño parque raquítico cercano, aprovisionado con una bolsa de gusanitos para atraer a los gorriones y poder pintarlos. Llevaba una libreta y un lápiz; su madre le llevaba un balón por si se aburría de pintar. Al rato de estar allí vinieron algunos, tres o cuatro, que se turnaban para bajar de las ramas de una jacaranda. Se parecían más a su amigo que los irreales de las pantallas. Se comunicaban entre ellos, piaban; no recordaba nada de lo aprendido en el sueño, aun así se imaginaba lo que hablaban por el contexto. Lo hacían de él; lo miraban, cabeceando con ese giro oblicuo de los pájaros que parece que dirigen su mirada a otro lado, pero te están escudriñando de arriba abajo.

Decían:

—Es un ejemplar pequeño de los humanos; parece inofensivo, nos quiere detenidos en el suelo. ¿Te has fijado que nos dibuja? Mientras nos alimente no me importa. La vida es muy difícil de un tiempo a esta parte; no se puede desperdiciar una oportunidad como esta. Yo conocí el otro día a un pequeño gorrión que también dibujaba, salía de un edificio al lado del otro parque; iba con su madre, volaban los dos a casa, es un enfermo.

Adib interrumpió el dibujo para gritar sonriendo:

—¡Tiene una enfermedad! Y si se la controla estará estupendamente, como yo, ¿verdad, mamá?

La madre se sobresaltó, miraba el móvil, y sin saber a cuento de qué contestó:

—Claro, estás estupendamente.

Los gorriones siguieron hablando del pintor, y Adib les preguntó dónde vivía. Ellos no contestaron porque no lo entendieron; siquiera se percataron de que hubiese hablado.

—Vaya rollo —se dijo—. ¿Por qué se olvidan los sueños? Mamá, ¿por qué se olvidan los sueños?

La madre se despertó de su ensimismamiento:

—Cada lugar tiene sus normas; las del mundo de los sueños no sirven aquí y al contrario.

Esa respuesta rápida sin pensar le convenció, le conmovió, le produjo un terremoto; cuánta sabiduría albergaba su madre sin dárselas de nada. Con naturalidad y sencillez afrontaba lo que venía; no podía haber tenido más suerte en la vida. Decidió pintarla, dejar de lado el sueño ya que allí no servía su lenguaje como le dijo su madre. Se giró: era muy morena; el color carne para pintar blanquitos no servía. Después rellenaría, buscaría el color exacto de Baasima; primero se pondría con los contornos: el pelo rizado, ojos separados, nariz ancha, ropa holgada, un pañuelo en la cabeza, todo, completamente todo. Enmarcaba lo verdaderamente importante: la sonrisa; después, acompañando, la mirada inquieta y cariñosa, una sabiduría que exportaba por cada poro de su piel. Su voz grave, tranquila y segura comunicaba con elegancia sus pensamientos expresados con la rapidez de quien ha recapacitado muchísimo antes de haberse incluso encontrado las preguntas.

Se marcharon a casa con dos dibujos: el de aquel gorrión que se parecía lo más que pudo al que esperaba su turno en la consulta, y el de su madre, que no consiguió encontrar el camino para que se pareciese. Primero la había representado tosca, huraña; después, emborronando lo que no le gustaba, como las cejas o la nariz, la arrastró al plano de la oscuridad, hacia un ser que habría salido de las ruinas de una guerra de noche solamente para comer y beber, para esconderse en una cueva, un fantasma de la ópera. Más tarde, borrando con la goma aquellos desperfectos monstruosos, la convirtió en pura timidez, en el apocamiento de aquellos que rondan las circunvalaciones de la sociedad, que son dianas de los insultos y los golpes de las personas crueles y engreídas. Pero él no: nunca se reiría de nadie por su apariencia o sus temores; lloraba para dentro hasta que lo hizo para fuera cuando su madre le pidió que le enseñara el dibujo.

—No quiero enseñártelo. No eres tú, lo voy a tirar.

Hizo un gurruño y lo lanzó a la basura de papeles.

—Ser tan perfeccionista es un problema; seguro que no está tan mal. Yo no me voy a enfadar si no me gusta, no pasa nada; todos los pintores han tirado cuadros a la basura, es normal.

—¡No lo mires!

—No lo voy a hacer; enséñame el dibujo del gorrión.

Lo dejó sobre la mesa con desgana. La madre lo agarró:

—Lo has conseguido, parece que vaya a salir volando. Lo colgaré en la nevera; cuando nos toque consulta se lo llevas a la enfermera.

—Haré otro, ese para nosotros.

—Vale.

Adib enmudeció, se sumió en el silencio, se sentía triste. No consiguió que el dibujo se pareciese a su madre; el gorrión se parecía más, pero tampoco se sentía conforme. Había intentado conferirle la personalidad que recordaba en la consulta: era un polluelo travieso, simpático, agradable, con ganas de jugar, y observarlo estático en una hoja de papel no le convencía, como tampoco que lo aprendido en los sueños se olvidase tan fácil. Se sentó en la alfombra entre grandes cojines de los sofás que había tirado al suelo; construyó un nido para pensar y lanzar reflexiones: «¡Mamá, y si me llevo el papel a la cama y cuando sueñe me despierto y pinto antes de que se me olvide!». «¡Mamá, y si tú me acompañas, seríamos dos, más fácil!». «¡¿Mamá, cuándo volvemos a la consulta de la enfermera de los ojos grandes?».

La madre se acercó cuando dejó de escucharlo; se había dormido. Lo dejaría un rato mientras arreglaba un poco la casa y terminaba la cena; no paraba de moverse, de hablar, de preguntar. Era un niño agotador; no le extrañaba que su cuerpo le hubiera obligado a pararse. El día había sido largo. Lo arropó con la *shayla,* en ese momento azul, que llevaba siempre de manera informal, dejando la cara y parte del pelo al descubierto; la consideraba un mensaje, exponiendo por delante a qué cultura pertenecía, nunca una imposición. Aunque ella sabía que la pertenencia a un grupo es siempre renunciar, y más para una mujer, pues todas las sociedades están construidas y dirigidas por los hombres. Pero le parecía que era peor y más difícil sentirse aislada, además en tierra que todavía consideraba extranjera, como la consideraban a ella. Se tocó el pelo rizado, intentando peinarlo hacia atrás con los dedos, se fue a la cocina, contó mentalmente las raciones de hidratos de carbono y preparó la insulina que debía inyectarse Adib. Los demás pronto llegarían; si no lo hacían, debía despertarlo y que comiese él solo.

Llegó el hermano mayor. El padre había llamado; era conductor de camión, llegaría de madrugada y se iría a las cooperativas directamente. Mañana se pasaría por casa. El hermano fue a despertar a Adib.

—Vamos a cenar —le dijo.

No estaba entre los cojines como le había dicho su madre; lo encontró entre el sofá y la pared dibujando.

—¿Qué haces? —le preguntó su hermano, se llamaba Ahmed.

—Dibujando un sueño; no quiero que se me olvide. Déjame un momento, sé lo que hablaban esta mañana en el parque los gorriones, y ya sé cómo hacer para que me entiendan.

—¿Qué?

—Decírselo con el pensamiento y con la cara y el cuerpo; es fácil, igual que aprender inglés, es un idioma.

—Bueno, ha dicho mamá que vayamos a comer. Sabes que no puedes dejarlo más, vente.

—Un momento, estoy terminando.

—¿El qué?

—Un dibujo.

—Ya lo sé, pero de qué.

—De mamá y la enfermera, y yo, ayer en la consulta; déjame un momento, y un gorrión también.

—Qué tonterías tienes.

Adib dijo sin escuchar ni mirar a Ahmed, escondiendo el dibujo con ambas manos:

—Estoy terminando, enseguida voy.

Ahmed le comunicó a su madre que Adib no quería ir; ella se fue para el salón.

—Tienes que comer, sabes que no puedes alargar tanto el tiempo entre comida y comida.

—Adib no estaba.

Gritó desde la cocina:

—¡Ya estoy, mamá, perdóname!

—¿Por dónde has pasado?

—Por tus espaldas; he ido a guardar el dibujo en una carpeta, es una sorpresa, aún está sin terminar. ¿Cuándo vamos a la consulta de la enfermera?

—El mes que viene. ¿Se lo vas a enseñar?

—A las dos, y si estuviera mi amigo, también.

—¿El gorrión?

—Sé que es mi amigo, me lo dijo.

La madre le besó en la cabeza:

—Claro que es tu amigo. A ver si tenemos suerte y coincidís el mismo día en la consulta; si supiéramos dónde vive, le haríamos una visita.

—No importa.

—Te prometo que los días que podamos vamos a visitar parques.

A Adib se le rieron los huesos con solo imaginarse explorando rama a rama con gusanitos en la mano, preguntando, por si de repente lo comprendiesen, por su amigo. Sonreía imaginándose escuchado y escuchando, conociendo de repente, taumatúrgicamente, los significados que escondían sus trinos, y él pensando y hablando, y saliendo por su boca un gorjeo con un sentido, al que contestaban los gorriones de pie, pequeños y redondos, ante él. Mantendrían una luminosa conversación. Ya no solo los comprendía en sueños de noche, sino en sueños de día. Se había producido una brecha en la percepción de la realidad, en lo que se denomina verdad, en lo sensato, en lo que siempre se indica que no puede ser, lo que no se ve no existe. Por ella salía una brillante y cegadora ráfaga de luz; habría una gran bombilla detrás y, a este lado, las sombras poseerían más luz que antaño la misma luz.

Adib pasó el mes intentando que fuese como cualquier mes. Le gustaba mucho la escuela, hacer cuentas, escribir y leer, y la clase de educación artística, a la que las maestras no le prestaban la suficiente importancia, porque al parecer el arte no es para tomárselo en serio, es un pasatiempo, y los que se dedican a ello, unos pasatiemperos, aunque después el comercio de las obras sí se convierte en trabajo, esperan como aves carroñeras la muerte del artista, física o intelectualmente. El dinero construye la importancia y convierte en objeto de consumo la belleza que contiene el pensamiento, muy a pesar del artista que quizá pasó hambre.

Adib se enfrascaba en sus dibujos, hablaba por los codos mientras dibujaba, los explicaba, comentando cada línea, cada color elegido: el color carne de blanquito, el color carne de moreno como él, el color carne de negro, y todos los color carne que no son más que el color piel que nos envuelve, aislándonos y protegiéndonos del exterior. La carne es la misma y no solo en las personas, es nuestro interior más auténtico y al que más tememos encontrarnos. Comentaba: tú tienes el pelo fosco, el pelo lacio, rizado, trenzas, la raya a un lado, coletas, rapado, eres morena, tú rubio, los ojos claros, verdes, azules, marrones. Se fijaba en la variabilidad de sus amigos y compañeros. La seño de educación artística era muy blanca, con la cara llena de pecas rojizas, y una coleta sobre la espalda como una catarata de agua ferrosa. Sonreía al ver sus dibujos y decía: muy bien, eres un artista, y luego le ponía la misma calificación que al resto de sus compañeros. A él le daba igual, pero había oído quejarse a su madre al firmar las notas.

Después del colegio, a veces, cuando había terminado los deberes, sacaba de la carpeta el dibujo, lo retocaba. Lo había tirado a la basura rompiéndolo en pequeños pedazos en dos ocasiones, porque sentía que se había desviado la razón de su existencia, comenzando desde casi el principio, como si fuesen una familia: el gorrión, la enfermera que tanto le había ayudado, como recalcaba su madre cada vez que la nombraba, también Baasima, y él en el centro. No quería que lo viese nadie. Lo guardaba rápidamente en cuanto sentía cualquier ruido.

Llegó el día de la consulta. Su madre lo llamó para ducharse, preparó el dibujo, lo dobló en dos y lo puso sobre la mesa de la entrada para no olvidarlo. Sobre él, evitando que volase, colocó el vaciabolsillos con la forma de mano de Fátima. La madre le dijo: empieza a echarte el agua, ahora voy. Desplegó la hoja con cuidado de no hacer ruido. Se asombró, no se esperaba aquello. A veces se le olvidaba que tenía seis años, y aunque lo tuviese en cuenta no podía creer que Adib hubiese dibujado aquel espectacular multirretrato. Cuidadosamente lo dejó como estaba y se fue a ayudarlo.

Salieron con tiempo. La enfermera te va a decir que mantienes la diabetes controlada, nos dará cita al menos para dentro de un año. Adib asintió. Se le había olvidado que tenía una enfermedad, que es por lo que iban a la consulta. Su intención era enseñarle a la enfermera de los ojos grandes su dibujo y preguntarle por el pequeño gorrión y cómo es que ella conocía el idioma. ¿Había asistido como él a una escuela de gorriones mientras dormía? ¿Es que se acordaba de lo aprendido en los sueños?

Se sentaron en la sala de espera. Por las medidas anticovid se encontraban solos. Alguien estaría en la consulta. ¿Y si era el gorrión?

—¿Oyes a alguien hablar? —preguntó Adib.

—Yo oigo un gorjeo.

—¿Verdad? Yo también.

Se abrió la puerta. Un pequeño gorrión y otro más grande, grisáceo, salieron volando a media altura. Se posaron en el suelo de terrazo de color granito, se volvieron despidiéndose de la enfermera, que salió a la puerta para darles una última recomendación. Qué ojos más bonitos tiene la enfermera, pensó Adib. A Baasima le sorprendió la estampa, no era imaginación de su hijo, a no ser que esta fuese una y ella estuviese dentro. El gorrión más grande hablaba con la enfermera, le preguntaba una última duda. Adib y su madre no querían interrumpir. Los pequeños se miraban comunicándose con sus expresiones. Se acercaron, y Adib, agachándose, le preguntó dónde vivía. El gorrión le dijo que en un pequeño pinar al lado de la carretera. Baasima entendía el gorjeo, sorprendiéndose a ella misma: ¿entablaba una conversación con la gorriona y quedaba con ella? ¿Estaba ocurriendo de verdad? La enfermera los llamó para que pasaran. Los dos gorriones emprendieron el vuelo y, después de dar varias vueltas como aviones que dibujan en el cielo mensajes con sus estelas, salieron por una ventana del final del pasillo entreabierta. Baasima se pellizcaba las nalgas y, aparte de hacerse daño, no se inducía el despertar a la realidad que esperaba.

Adib desdobló el dibujo que llevaba bajo el brazo, lo abrió hacia delante para que fuese lo primero que viera la enfermera. Se introdujo así en la consulta, Baasima, callada y muy pensativa, detrás lo siguió. La enfermera abrió la boca bajo la mascarilla y dijo: no puedo creer lo que estoy contemplando.

Los seis ojos se miraron y cerraron la puerta.

Sobre violencia y héroes

La luz le parece tan sencilla. La oscuridad, en cambio, es áspera, se duele entero. El campo de batalla se difumina con las imágenes que guarda en la memoria de los que cayeron y que despidió ayer, anteayer, y que se sumen con lo que no alcanza a ver su miopía, en un letargo sin formas, de centelleos hexagonales, de colores que se mezclan. El pánico destruye lo real: fue un sueño, y nadie murió. No huyó hacia un agujero que se produjo en la pared, no saltó esquivando cadáveres. Fue un día aburrido, monótono, de los que no le gusta vivir, en el que solo se tuvo que preocupar por respirar.

Perdió las gafas, es lo más reseñable, y por eso se debe estar inventando, con las sombras y las luces, un mundo de terror. Se ha quedado solo. Le han dejado una única opción: convertirse en cazador.

El coronel otea el horizonte desde su atalaya. Se encuentra en su casa con el café humeante en la mano, un par de tostadas de mantequilla y mermelada esperando en el plato, los hijos sentados a unas habitaciones de distancia viendo los dibujos animados. Tiene varias pantallas enfrente, donde escribe las órdenes o las dicta con voz aún de recién levantado: «¡Corred hacia ese edificio abandonado!, ¡que dos hombres lleguen a la azotea, los demás cubridles!».

Le comenta a su mujer:

—Esta remesa de soldados necesita al menos un poco de experiencia. Y como barrunta esta batalla, no van a tener tiempo de adquirirla. Podrían ser grandes guerreros, llevan dentro cualidades, un gran potencial, podrían ser incluso los mejores, si no los matan antes.

—No te inquietes —le dice ella—. Sabes que las guerras son largas.

Está harta de estar a su lado, pero no puede estar en otro lugar. Él exige que alguien escuche sus peroratas.

Los niños siguen callados, ensimismados en *La patrulla canina*, recién peinados con colonia. Son gemelos, con las carteras colgadas de los hombros, esperan en silencio escrupuloso a que su padre los lleve a la escuela.

El coronel da unas pocas prescripciones al batallón. Confía: pueden valerse por sí mismos. Estará una hora ausente. Ficha para salir; le concedieron flexibilidad gracias a las leyes de conciliación. Por lo tanto, trabajando sus horas, las puede repartir como quiera.

Sale por la puerta con sus hijos. Hace una mañana espléndida de mediados de septiembre, un poco de fresquito que se agradece. Los niños saltan, juguetean sobre la acera con los frutos que han recogido del suelo, de uno de los árboles de la calle. Son redondos, prietos y negros. No sabe cómo se llaman. Los deja en el colegio; se desvanecen en la oscuridad de la puerta de entrada. Antes recorren el patio con alegría. Saluda a varias madres y padres; siempre se ha vanagloriado de ser una persona agradable.

De regreso camina con un poco de ansiedad. No se le va de la cabeza: ha dejado a un batallón en plena escaramuza. La preocupación no le llega para olvidársele comprar el pan y un pastel, que se comerá antes de subir, en la cafetería de abajo. Es muy importante saber desconectar del trabajo, como un acto de higiene mental.

Sube las escaleras de casa. Se pasa el día sentado, debe aprovechar los trayectos para hacer un poco de ejercicio y, mintiéndose, contrarrestar el pastel. Quizá hoy se complique la guerra y tenga que echar horas extras. Lleva ese derrotero.

Se queja a su mujer de que hay déficit de coroneles. Los que están arriba trabajan poco sobre los escenarios reales; el teletrabajo no ayuda a concentrarse en las necesidades de un campo de batalla. Las escaramuzas se multiplican y a veces no sabes dónde te encuentras: si conquistando una colina, adentrándote en una ciudad tomada por el enemigo, bombardeando un puente o defendiéndolo. Se precisa mucha concentración y experiencia para llevar a cabo este trabajo desde el escritorio con las comodidades de casa.

Las guerras son muy criticadas —sigue explicando a su mujer—. No lo entiende, aunque le reconforta que no lo sean tanto como pudiera parecer. Unos pocos enajenados se postulan en su contra, pero no tienen fuerza y, afortunadamente, no se les hace demasiado caso.

A la mayoría no les gusta que una guerra les golpee directamente, pero no dicen nada. No se inmiscuyen dentro de las razones verdaderas de las batallas. ¿No han sentido que les hieren la patria? Solamente saben quejarse en la barra de un bar o en las conversaciones con amigos. La guerra se asume como tradición, y, como es sabido, ser tradición por sí mismo es razón *sine qua non* para que algo se acepte como imperecedero y sea casi imposible cambiar, aunque nos haga daño o nos hagamos daño.

Si se ha hecho toda la vida, debe ser porque es inevitable y hasta deseable. Además, la razón más poderosa e incuestionable para apoyarlas que se le ocurre es que las guerras dan mucho trabajo y relanzan la economía: la fabricación y venta de armas, el consumo de energía, la reconstrucción.

Además, los muertos también cumplen con su cometido, dejando aparte el dolor, que es individual y no importante para alguien que se dedica plenamente a la guerra (lo dice sin cambiar el gesto). De modo colectivo dejan hueco: somos muchos. La guerra es una cuestión de necesidad, incluso de supervivencia. Quien no lo vea así es alguien que cree que la bondad sería el motor que podría mover la historia. Ese buenismo no conduce a ningún lugar conocido; es un abismo difícilmente cuantificable.

El mundo no se conservaría como es sin guerra, o, en su defecto, sin conflictos, sin bloques, sin confrontación de fuerzas. Está claro: a nadie le gusta que le maten un hijo, o que le bombardeen la casa, o que le falten alimentos. Pero la mayoría de estos hombres que sufren y se quejan cogerían un arma para luchar y matar a hijos de otros, o bombardearían casas, se comerían o tirarían los alimentos del enemigo para que se muriera de hambre.

No cuestionan que es lícito morir por tu patria o por los tuyos; lo que ocurre es que nadie quiere sufrir ni morir. Prefieren que lo hagan otros por ellos. El pacifismo es una creencia boba y sin fundamento efectivo, y, como tal, dicen que hay que respetarla. Incluso nos imponen respetarla. Nadie la ha demostrado como mejor; por lo tanto, no se puede asumir como la guerra, que sí es demostrable.

La humanidad ha mejorado gracias a su presencia continua y generadora de nuevas civilizaciones. Las más fuertes prosperan, las débiles se hunden. Nacen nuevas ideas, propuestas, tecnologías, máquinas, materiales, medicinas, formas de mantener los alimentos, técnicas empresariales… que nos hacen avanzar.

El coronel se siente feliz y es coherente en sus argumentos. Posee todo lo que ambicionaba. Se prepara para que lo asciendan. Su familia está muy bien, hacen lo que él les dicta. Además, no le falta el trabajo, le pagan aceptablemente y le gusta. Siente el poder del hombre al que se le respeta y —no lo admitiría— se le teme.

Respira hondo antes de sentarse en el escritorio, en la silla mullida y cómoda. Ficha, enciende las pantallas, otea de nuevo el horizonte por si algo ha cambiado. Los soldados están parapetados tras un talud, delante de un campo de nadie. Más allá, al otro lado, antes de la entrada en la ciudad, puede ver las puntas de los rifles sobresaliendo de las esquinas y las ventanas.

Va a ser imposible tomar la ciudad hoy. Necesitan artillería. Deben esperar, mantener el emplazamiento con el menor número de bajas. Le comunica al general los datos, los parámetros de posición y lo que, a su parecer, necesitan para vencer. Lo demás no depende de él.

Son las doce. Conecta con otra batalla. Está bajo su responsabilidad solamente unas horas al día. La coronel responsable disfruta de reducción de jornada para cuidar, hasta que lo lleve a la guardería, a su hijo. Menos mal que es una batalla fácil. Van ganando. Es solamente mantener la vigilancia sobre las zonas ya conquistadas y realizar trabajos de defensa, como minas, alambradas, torres de vigías, aprovisionarse de víveres, lo rutinario en las pausas operativas.

Además, se añade que es de la misma guerra, y del mismo bando, y apenas las separan cincuenta kilómetros. Así que puede sincronizar mejor las órdenes. No precisa del intérprete, que a veces es necesario y dificulta las intervenciones si sus interlocutores no hablan un inglés fluido.

Su superior en este frente es el mismo general, así que, si se entiende bien con él, puede llevar los tanques que están parados de este destacamento para tomar el centro de la ciudad. Así lo ordena. Confía en que con este movimiento tenga controlados los dos batallones y sufra menos bajas. Entrar en la ciudad sin ayuda sería perder a muchos hombres necesarios. No sobran los soldados; son un bien escaso.

Los jóvenes no quieren servir a su patria por esas ideas absurdas que les inculcan. Incluso ha habido desertores. Si fuese por él, los fusilaría. Son dañinos, inmaduros, egoístas. Quieren todo fácil. Eso no existe. Para que sea fácil para alguien tiene que ser difícil para otro. Hay que matar, si es necesario, por tu patria.

La mayoría de las sociedades saben que son necesarios los ejércitos. Incluso conocen que hay guerras justas. Pero a la población le cuesta implicarse. Es un contrasentido. Suelen hacerlo cuando ya es tarde y no existe otra opción, en vez de adelantar el paso antes de que lo haga el enemigo.

Es un problema de esta sociedad, que ha crecido con el pensamiento de que la existencia debe ser un juego continuo, un placer. Lo difícil, que lo hagan otros. Pronto no habrá otros, y llegarán a las puertas de sus casas. Además, están los pacifistas liando las cabezas a la gente de bien con su pensamiento simplista.

A todos nos gustaría vivir en un mundo utópico. En este debemos estar preparados al menos igual que el enemigo; si no, nos comerían. El pacifismo es un cáncer que destruye el núcleo de nuestro sistema de valores.

—Parece que va mejor de lo que barruntaba esta mañana —le comenta a su mujer cuando le manda que le haga un té—. Quizá en un día tengamos ganadas las posiciones. Me consta que otros frentes también avanzan. En menos de una semana podremos hacernos con la totalidad de este núcleo urbano. Es extremadamente estratégico. Estoy seguro de que tendrá una gran importancia en el desarrollo de la guerra.

Ella le contesta:

—Me alegra —usando un rictus serio, es lo que debe decir para que no se enfade—. Ves cómo el trabajo hay que contemplarlo en su conjunto. Tú siempre lo dices, aunque a veces no eres fiel a tus palabras y te desanimas. Las personas son prescindibles, lo importante es el objetivo común: las patrias, las fronteras, el que no te pisen. Eres un gran militar, no hace falta que yo te lo diga, lo sabes. Cambiando de tema, hoy voy yo a por los gemelos, tengo que inscribirme y recoger los manuales. Voy a sacarme el carné de conducir; cuando termine me paso a por ellos.

—Es una tontería, ¿para qué necesitas el carnet? Ya te llevo yo a donde quieras ir.

Condescendientemente balancea la cabeza; le ha pillado de buen humor. La dejará que se haga ilusiones, no va a conducir, lo va a impedir. Hay muchas maneras; las encontrará antes de usar la violencia, pero ahora debe estar con todos los sentidos despiertos. No puede perder el tiempo con ella, es medio tonta; además, necesita unas horas tranquilo, ya lo pensará. Le dice: «Me han enviado un mensaje, me van a endilgar otro destacamento; me parece que va a ser en otro bando, o incluso otra guerra, no sé cuál. Faltan mandos intermedios; la epidemia de gripe satura de trabajo a los que quedamos sanos. Nos puede venir bien; es más dinero: este año hacemos un gran viaje a una isla paradisíaca con hotel de pulserita, te lo prometo».

—También lo prometiste el año pasado, no hace falta, ¿qué iba a hacer yo en una isla paradisíaca?

—Tienes razón, ¿qué ibas a hacer tú? Lo mismo que aquí: nada. A mí me apetece, pero es que no se puede dejar las guerras a medias; mi sentido de la responsabilidad es pernicioso, es mi mayor defecto. A ver si los gobiernos se dan cuenta de que hay que apoyar con más dinero la formación de los militares, no dejar entrar a tanta mujer, y luego que los sueldos sean dignos; se nos van los mejores a otros países. En fin, tenemos lo que nos merecemos: la gente vota lo que vota, esos cuatro pacifistas bloquean los aumentos al presupuesto de defensa.

Su mujer le afirma sus pensamientos:

—Es una locura, no se dan cuenta del peligro al que nos abocan. En cuanto a ti, nadie es imprescindible; lo primero es la salud, no puedes llevar este ritmo mucho tiempo.

—Esperemos que la propaganda, a la que ellos llaman campaña del miedo, la que muestra al mundo cómo es, con sus peligros reales, dé sus frutos, y en las próximas elecciones el gobierno aumente el gasto en defensa, blinde las fronteras militarizándolas muchísimo más, no permita que los enemigos crean que somos débiles y poco viriles. No lo digo por mí —continúa—; yo me gano bien la vida. Si tuviera que bombardear esta ciudad en la que vivo porque fuese un peligro, lo haría; primero es el deber. Me iría a vivir a cualquier parte. Amo a mi patria y me gustaría que fuésemos fuertes para que los demás nos respetaran, pero soy capaz de amar a cualquier patria que se lo merezca.

—Haces bien en mantenerte libre y firme en tus obligaciones —la mujer no dice lo que piensa; piensa mucho lo que dice—. Así le afianza las ideas al coronel y se comporta con más tranquilidad, consiguiendo que un día más no se enfade.

—Yo trabajo para quien crea más en su patria y merece mi respeto; con eso consigo un dinero limpio de ideologías baratas. La hombría, el que no te pisoteen, como el nacionalismo, son valores imperecederos por los que merece sentirse vivo.

La mujer se despide; se marcha a recoger a los niños. Él comprueba el estado de los dos destacamentos que por ahora están a su cargo. Espera a que en la aplicación aparezca la operación que le habían anunciado. La escaramuza en las afueras de la ciudad le mantiene entretenido; se desarrolla bajo el plan establecido. Mejoran sus posiciones: son unos buenos hombres, tienen actitudes para la tarea que desempeñan; les empuja el miedo necesario para echar hacia adelante cuando se sienten acorralados. Lo mismo se gana una medalla, o al menos cinco estrellas en la aplicación; necesitan pocas órdenes para actuar correctamente.

Ahí está: una notificación parpadea. Pulsa para ver el mensaje; lee las condiciones, el dónde, el contra quién. No se sorprende: ya ha pasado antes, pero no le gusta demasiado. Será también el coronel de quienes están situados en el centro de la ciudad defendiéndola, enemigos de los hombres que ha dejado intentando ganar más posiciones en los barrios periféricos esperando la artillería. Un destacamento de veinte soldados situados en el centro de la ciudad que deben repeler cualquier ataque hasta que el ejército se rearme y aparezca. Los camiones están a unos cien kilómetros; están saliendo hacia allí. Es decir, tiene dos grupos intentando conquistar el centro, y otro que como mínimo debe repeler el ataque y, si es posible, dejar limpia la ciudad de enemigos.

No es la primera vez que juega al ajedrez llevando las piezas blancas y las negras; es sencillamente cambiar de perspectiva. Para él es fácil; no todos pueden o saben hacerlo: moverse alrededor de la mesa, sentarse en la silla pensando en ganar, y luego en la opuesta e intentar lo mismo, evadiéndose de la realidad, desdoblándose, con el objetivo de vencerse a sí mismo. No es un buen ejemplo, pues aunque quien mueve los trebejos tiene la misma pericia al ser la misma persona, depende mucho de la inteligencia, el arrojo, la sabiduría, el conocimiento del terreno de las piezas. No son meros trozos de madera que acariciar con las manos antes de realizar el movimiento; ellos serán quienes decanten la victoria.

Se le ocurre un ejemplo mejor: es un entrenador de fútbol. La habilidad de los jugadores es muy importante; también la compenetración, los ideales, que no se encuentren obligados, sino que todos se integren en las ideas del conjunto creando una nebulosa superior tras la que correr todos al unísono. Es tan maravilloso cuando un grupo se mueve como un cuerpo. Lo ha experimentado en su plenitud pocas veces; es un éxtasis. Recuerda una batalla en Móstar, épica y hasta cierto punto romántica; era la época en la que su trabajo podía hacerse exclusivamente de forma presencial. Añora sentir el olor típico y los sonidos; el temor a la muerte engancha, aunque después, lejos y ya deshabituado de la adrenalina, te parezca una aberración volver a jugártela. La memoria es selectiva. Allí tuvo bajo su mando dos batallones de frentes opuestos, por entonces, en la era analógica, no era legal: se hacía la vista gorda si no llamabas mucho la atención. Lo hizo con un nombre ficticio; oficialmente trabajaba en el ejército de pacificación de la ONU con el destacamento español, y extraoficialmente para los bosnios croatas que destruyeron el puente bajo sus órdenes. Aunque, como es natural, la responsabilidad llegó de más arriba.

Ahora se dice que el fragor de la guerra fue el culpable; sin embargo, fue un acto deliberado con la intención de destruir la cultura de los bosniacos (bosnios musulmanes). Por la misma razón se destruyeron los alminares de casi todas las mezquitas. Los cascos azules eran supuestamente neutrales, aunque miraron hacia otro lado cuando comenzaron las limpiezas étnicas perpetradas por los croatas contra la población musulmana. Los interlocutores croatas eran militares de carrera como ellos; en cambio, los interlocutores bosniacos eran médicos, abogados, agricultores, cerrajeros, etc. No los trataban con la misma autoridad, credibilidad ni respeto, así que muchas de las atrocidades que se cometieron fueron bendecidas por la omisión de los cascos azules, que pusieron su empeño en no enterarse: cerrando los ojos, las orejas y, sobre todo, tapándose la nariz. Luego sí, como siempre, las conciencias fueron lavadas en la pila de Poncio Pilatos, con juicios paripé, homenajes y la restitución del puente como acto simbólico de cerrar también las heridas entre las dos comunidades, que, como es sabido, no han cicatrizado. Tal vez el recuerdo no le hace sentir completamente orgulloso, aunque tampoco le produzca remordimientos; pero las guerras son así: no se puede catalogar tan alegremente un acto como crimen, pues los habría cometido el enemigo si hubieran poseído más fuerza, o si la hubiera sabido usar mejor. Aunque quizá, si los cascos azules se hubieran implicado más, habrían ocurrido menos atrocidades. Es agua pasada; no se sabe, son elucubraciones, no merece la pena. Su conciencia está tranquila como, piensa, no podría ser de otra forma.

El destacamento del centro de la ciudad está muy bien parapetado, aunque son pocos; empieza conociéndolos: no son militares de carrera. Se presenta ante ellos venciendo el reparo de no creer entenderse con gente que hasta hace poco eran civiles. Como en la guerra de Móstar, en sus ojos ve el cansancio y la determinación de quien no tiene nada que perder, la locura y la ira comedida. Sus vidas, hasta hace unos meses, eran las usuales: irse a la oficina, o a la charcutería, o al taller; otros tienen ya los hijos grandes y están batallando en otros frentes; algunos son muy jóvenes y comenzaban sus vidas de estudiantes o buscando un trabajo. En el fondo se les ha olvidado; es como si relataran recuerdos prestados por alguien ajeno. El escenario ha cambiado todavía más que ellos; ya han perdido la esperanza de volver. Saben que tendrían que reconstruir el espacio y el tiempo con nuevos materiales. Están en ese punto mercenario que puede ser más inconstante, peligroso y poco efectivo que alguien que se ha preparado durante años para batallar. Piensan en aniquilar ese odio que los carcome matando. Solo despierta su mente el futuro inmediato: defender lo último que les resta para no sucumbir, y a las pocas personas, sobre todo mayores, que se esconden en el subsuelo porque no quieren abandonar el lugar en el que han vivido toda su vida. Debe emplearse al máximo con este grupo para reconducir la ira hacia la eficacia; queda poco tiempo. El otro destacamento, el que también lleva él, está a las afueras de la ciudad y pronto intentará tomarla. Reordena las posiciones; hace subir a varios hombres que dicen tener buena puntería a los pisos superiores, escondidos de posibles drones espía. Les atacarán presumiblemente por la calle principal; los otros flancos están tan derruidos que es casi imposible avanzar. De todas maneras, coloca ametralladoras defendiendo el posible avance sobre los cascotes. Deben aguantar al menos los dos días contratados; podrían ser prorrogables. Olvida todo el conocimiento de los escuadrones enemigos: es un profesional y debe mirar como si no supiese lo que van a hacer y anticiparse con la intuición, la experiencia y el conocimiento técnico. Nadie va a entrar, les asegura: somos fuertes y bastante curtidos; no tener más salida que aguantar es nuestra fuerza. Nadie puede pasar; pronto llegará el apoyo aéreo.

La jornada ha terminado. Se siente exhausto. Ficha la salida. Hoy se ha visto obligado a hacer horas extras en el primer desta-camento; lo apunta en una pequeña libreta. En muchas ocasiones se equivocan con la nómina; le sirve también a él: la memoria es más frágil de lo que parece.

Ha estado un par de horas estudiando cómo penetrar en la ciudad de una manera segura. Solo existe un lugar por el que desplazarse: la calle principal. Estará muy vigilada, es demasiado peligroso. Ha dejado esbozado un plan: existe una calle ente-rrada por escombros, lateral. Uno de los hombres, por la noche, se adentró para espiar; comprobó que se ha quedado un túnel entre los muros derruidos y es factible introducirse en uno de los edificios de la calle por un boquete. Con un poco de suerte podrán recorrer los edificios sin salir a ningún lugar abierto, o por subterráneos o por las azoteas. Sin penetrar no pueden saberlo. Quizá es una buena idea o quizá no. Es jugársela: podrían estar esperando entre la oscuridad. Si sale bien, será un golpe maestro.

Llegaron hace un rato los gemelos y su mujer. Ha estado escuchando ruido en la casa; le ha molestado, pero no ha tenido ni tiempo para enfadarse y dar unas cuantas voces. Le esperan para cenar.

Se sienta en la mesa. Un sonido repiquetea bajo la tabla. Juan, el más inquieto de los dos gemelos, golpea con las rodillas componiendo una marcha que bien podría ser marcial. Con el tenedor se figura un destacamento sobre una barca, esquivando el pan y el plato de la fruta, navegando un mar de flores extrañas plastificadas. Dice:

—Yo quiero ser general de la marina, es más divertido, no quiero que muera nadie, yo solo quiero jugar, ¿verdad?, igual que vosotros, ¿verdad, papá?

Jorge, su hermano, come y con el rabillo del ojo observa la lancha llegar al puerto y servir para lo que fue fabricada: hincarse en las patatas fritas. Dice que a él le gustaría ser el jefe del ejército del aire, para volar dándole vueltas al mundo y saludar, saludar hasta que se me cansase la mano. Mi avión no llevaría bombas; al pesar menos, subiría mucho más alto.

Al padre no le sientan muy bien los comentarios de sus hijos.

—¿Quién os ha metido esas ideas en la cabeza? —Mira a su mujer—. ¿En esa escuela adoctrinan a los niños?

—Hoy ha sido el Día por la Paz y han dado una charla los pacifistas. Creía que lo sabías. Juan dice que cuando les ha dicho que su padre era coronel, ellos le han replicado que lo ideal es que no tuvieses trabajo. Si nadie se enfrentara a la violencia, las guerras terminarían. La India se independizó sin guerra. Si la gente de un país atacado saliese sin defenderse a la calle —se llama resistencia pasiva—, se terminaría la guerra como a un incendio al que le falta el oxígeno. Habría muertos, seguramente; este sería el momento más decisivo: aguantar con el dolor. Debería quedar claro que en la guerra se producirían muchísimos más. Además, la altura moral con la que saldrían los agredidos estallaría con una onda de expansión tal que los pueblos oprimidos de la tierra se darían cuenta de que no todo está perdido, que las malas personas, que a los hombres violentos se les habría acabado el trabajo, la motivación. Demasiados siglos han estado gobernando el mundo y los demás creyéndolo inevitable. Te lo estoy diciendo más o menos literalmente, como estaba escrito en un folleto que llevaba Juan en la mano. Es una fantasía. Una utopía del buenismo que no lleva más que a que te pisen. Ya lo sé. Pero suena bien. ¿No entiendes que haya gente a la que embelese esa mentira?

—¡Qué tonterías, madre mía! Les gusta decir «los hombres violentos que han estado gobernando el mundo». También las mujeres matan y están de acuerdo con las guerras. Existe la fuerza, es intrínseca a la humanidad, y hay que defenderse, es natural, es una forma de competencia. Y ya están con esa falacia de que los hombres gobiernan el mundo. Ese colegio no me gusta. Debemos cambiarlos. El adoctrinamiento se les está yendo de las manos. Inglaterra se marchó de la India porque le costaba más dinero mantener la colonia que lo que recibía. Son coyunturas diferentes. No se puede comparar a cuando alguien invade tu país.

Juan dice:

—Tú trabajas para el que invade y el invadido. No se lo hemos dicho a los profesores porque nos daba vergüenza...

Se siente atacado por sus propios hijos. No comprende cómo alguien al que su trabajo le da de comer le embista de aquel modo.

—Yo soy un trabajador, y me gano así la vida. No me tengo que justificar. Los pacifistas son parásitos radicales y causan mayores males disfrazados de buenas causas. Le hacen el juego siempre al enemigo. Id preparándoos: mañana mismo buscamos otro colegio. Teníamos que haberos metido en el de curas, esos nunca fallan. Tienen ideas muy arraigadas, y ni este ni otro gobierno los cambiarán. Sus cambios son simplemente de maquillaje. Las leyes van modificándose y los poderes las imponen, pero en el fondo nos mantienen las costumbres y las ideas. Son la reserva espiritual acorazada de Occidente.

—Mañana lo hacemos, pero mientras tanto tendrán que seguir asistiendo a ese colegio —dice la madre, acobardada por la posible reacción del coronel.

Los gemelos se miran. Saben que no sirve de nada patalear ni quejarse; su padre es inflexible. Se conocen; sus miradas saben hablar y escuchar. Sonríen. Se terminan la cena sin ninguna objeción a las disertaciones de su padre, ni a esa patada en el estómago que significa alejarlos de sus amigos y amigas, y de unos profesores que, salvo excepciones, aprecian mucho. Son buena y mala gente, como en cualquier lugar del mundo en el que se permita la pluralidad.

Juan expulsa una última frase cuando ya se ha levantado. Se le ocurre decirla sin pensar, a bote pronto. Su hermano Jorge intenta impedir que la diga, levantando la mano hacia su boca. Demasiado tarde. La ha lanzado al aire:

—Esta mañana, en la charla, han dicho que los fabricantes de armas hacen negocio y no les importan los bandos.

Esa mirada arrastrada detrás, como si esa frase la lanzase a su padre directamente, acusándolo, golpea casi sin pretenderlo.

El padre no puede más. Estalla:

—¡Ni un día! ¡Mañana se quedan en casa!

El hogar se detiene en un silencio tenso. Le tienen mucho miedo; no es la primera vez, ni será la última, que los gritos se convierten en golpes. Los sonidos son ruidos; el suelo cruje con dolor. Las paredes se ciernen deseando colapsar. Los pensamientos se revuelven en el paladar sin conseguir materializarse; son usados para alimentar tormentas. La noche se convierte en un juego de pensamientos alargados, encogidos, distorsionados, entroncados con pesadillas. El coronel se desahoga eyaculando sobre su mujer, que intenta parecer que duerme. Ensoñaciones fabricadas con palabras y frases de la realidad, aunque siente remordimientos a ratos, sobre todo por sus hijos. Su mujer es demasiado vieja para tener algún remedio. Los niños son aún pequeños; ¿tendrá solución el daño producido en sus cabezas? Se pregunta si los querría igual si terminasen siendo pacifistas en una marcha en contra de las guerras. Debe decirse que sí. No se considera mala gente; tiene sus convicciones elaboradas, pensadas. No es un cabeza hueca. Teme que a ellos no les pasaría igual; esa gente es demasiado radical. Quieren cambiar el mundo con todos los desastres que ello conlleva. Le ha debido sentar mal la cena; se revuelve en la cama. La noche parece eterna; la acaba repentinamente cuando decide que ya ha terminado, aunque le cuesta levantarse. Se acerca al cuarto de los niños; duermen ajenos a sus tribulaciones. «Anoche no pasó nada», se repite una y otra vez mientras recorre el pasillo. Ha construido una montaña con granos de arena; hoy se pondrá a trabajar antes ya que está despierto. Después charlará con ellos; saldrán a dar una vuelta. Es mejor que vayan a la escuela, oponerse radicalmente a sus pensamientos, que pueden ser transitorios, es una mala idea. Dentro de poco entrarán en la adolescencia y ya se sabe: llevarle la contraria será la norma del día a día. Debe pasar más tiempo con ellos; saldrán a campo a pescar, desempolvará la tienda de campaña. Necesitan un fin de semana de padre e hijos, llevarlos con mano firme por el camino correcto. Los hijos que han sido criados dentro de unos valores y unas normas, con perseverancia y rigidez, suelen volver a ellos después de las derivas y giros de la brújula en la adolescencia. ¿No estará adelantando acontecimientos? Son todavía pequeños, o él los ve así. Los cambiará de colegio cuando termine el curso; alisará el camino para el cambio. Será lo mejor.

Se sienta en la silla de trabajo dispuesto a terminar el día con alguna victoria que, consecuentemente, vendrá con su hermana la derrota. Intentará por todos los medios que gane uno de los dos bandos desdoblándose, y al final que se decante la batalla por quien tenga mejores jugadores. ¡Qué extraño! Es como si hubiera alguien abierto espacio entre los papeles; él los había dejado alineados a ambos lados de los teclados. El cristal de la mesa se encuentra grasiento; los monitores girados hacia abajo. Al darle el botón de encendido comprueba que está caliente. Es una situación gravísima; podría estar comprometida alguna información fundamental. ¿Quién ha podido entrar por la noche? La habitación está cerrada bajo llave y hay alarmas en toda la casa. Quizá no han podido acceder a nada; tendrían que haber vencido las contraseñas, sus números personales en clave, y cada plataforma pide varios filtros de seguridad con envíos de códigos por SMS, etcétera. Aun así se pone nervioso; da una vuelta con una barra de hierro en las manos. Está todo correcto: las alarmas, las puertas. Se sienta de nuevo; enciende los ordenadores. Van abriéndose los programas, las plataformas; parece encontrarse todo correcto. Los contendientes están más o menos donde los dejó. Es todavía de noche; están quietos en sus posiciones, expectantes. Debe ser producto de su imaginación. Es temprano; seguirá un poco dormido; quizá ayer, entre tanto barullo y estrés, no recuerde bien cómo abandonó el lugar del trabajo.

Escucha un ruido; va a girarse y siente un fuerte golpe en la cabeza. No consigue tirarlo al suelo; se tambalea manteniéndose erguido. La vista se le nubla. Son varios; parecen tres agresores. Alguien se lanza a su cuello y consigue que caiga como un peso muerto hacia atrás. Entonces sí le llega la oscuridad a los ojos. El dolor se convierte en insoportable en la zona lumbar y la clavícula. Se apagan las luces, las pantallas, los sonidos, el nerviosismo, la brega. Le atan las manos a las espaldas; también los pies; consiguen inmovilizarlo. Vuelve de nuevo la luz poco a poco. Las voces le son familiares. A pesar del pañuelo que le han colocado delante de los ojos puede comprobar que son sus hijos quienes están delante de las pantallas. Su mujer de pie deja entrar a varias personas a la sala y las saluda amigablemente; conversan. Escucha decirle que no temas: «No somos como tú; no creemos que la violencia sea la solución a los conflictos». Piensa que lo que han empleado contra él no son besos. Toquetean los ordenadores; hablan sobre un plan: disolver esas batallas. La orden será de retirada y deserción; volver a sus casas. Es todo demasiado confuso; el aturdimiento puede que se esté inventando esta situación. No entiende nada de lo que pasa; no lo afronta como real. Deja que transcurra sin oponerse anímicamente. ¿Qué pretenden? Es un error: la guerra se va a desmadrar; esos soldados sufrirán consecuencias severas, consejos de guerra. «No son bandos», dice una voz masculina; «son personas que morirán, son personas que matarán también a gente inocente que se esconde en los bajos de los edificios, o que salen a buscar algo de comer o beber». Nadie parece ver las consecuencias;

únicamente las que les afecta. Nos falta observar a los otros como una parte nuestra. La libertad necesita de la libertad del otro, de la otra. El odio se instala manipulado por los poderes del petróleo, de las energías, de las materias primas, y para eso necesitan alimentar la alimaña que todos llevamos dentro: esos valores de patria, religión, xenofobia, que solamente destruyen. No son intrínsecos; son culturales. Piensa: qué novedad; para eso se hace la guerra, para parar los pies a los violentos. Luchar también puede ser usado para preservar democracias.

Su mujer se acuclilla, le atusa el pelo y le dice: «Nos vamos a ir de casa; estas batallas intentaremos desmoronarlas. Me van a ayudar; nos vemos en los juzgados, o quizá nunca más sepas de mí. Dependerá de la suerte y de mi pericia para desaparecer». Piensa; sigue sin poder hablar por un obstáculo que le han metido en la boca. «Quien me ha atacado has sido tú; los juzgados me darán a mí la razón; te encontraré; sabes quién soy; tengo muchos contactos; he trabajado para muchos gobiernos; no te podrás esconder». Teme por su vida y la de sus hijos. Ni siquiera mira con los ojos; los cierra para sufrir menos. Se acurruca en una esquina para no ser nada y que pase esta pesadilla. La locura, el feminismo, el buenismo; no saben odiar en condiciones. «Deberían matarlo; el contraataque será terrorífico», ya lo está maquinando su imaginación. Deja pasar el tiempo; escucha horrores; en su nombre están destruyendo lo ya hecho en el campo de batalla. Conseguirán completamente lo contrario; son unos tarados. Rememora: se pregunta cuándo fue el día que se le fue de las manos, en qué se equivocó para estar casado con esta mujer y haber alimentado a estos hijos. Debería haberlos hecho desaparecer hace mucho tiempo. En el fondo es blando; les dio una oportunidad, y así se lo agradecen. Sigue acurrucado, sembrando todo el odio del que es capaz. Lo que escucha le espanta: han ordenado a los dos bandos que se retiren, que ya no se necesita conquistar nada ni defender nada. El pequeño Juan se agacha:

—Papá, ya no tienes trabajo; se han marchado a sus casas; tienen la orden por escrito firmada digitalmente por ti; nadie les podrá acusar; tú eres el responsable; ¿no te sientes mejor?; esos hombres no morirán, no matarán.

Hace gestos para que le quiten la obstrucción; lo hace su hijo y habla:

—¿Y qué habéis solucionado? Se han ido por órdenes; volverán con otras; hay más gente; no conseguiréis nada; no me puedo creer que seáis tan ingenuos; es increíble; es una tontería con mayúsculas.

La mujer, Elisa, dice:

—Es verdad: una tontería, un grano de arena; pero es el nuestro, y lo hemos sembrado como si el grano fuese la simiente de una planta invasora. Son miles de años gobernados por vosotros; no esperamos mucho; solamente queremos separarnos de vuestros pasos, al menos no ser cómplices. Quizá pertenezcamos al punto de inflexión en el relato que todo lo impregna; no se cuestionan las guerras lo que se debiera.

El coronel ríe:

—Te daría si pudiera; no saldrías de aquí; siempre has sido una tonta.

—Lo he sido, tú lo has dicho; nos vamos, despedíos de vuestro padre—. Los niños se acercan, le besan en la frente—. Adiós, papá; en cuanto seamos hombres volveremos, nos lo ha prometido mamá. También dijo que si queríamos, si cuando seamos mayores queremos verte, vendremos; suponemos que sí; ya seremos igual de grandes, o más que tú.

El coronel mueve la cabeza; ha decidido no decir una palabra más. Están completamente locos.

Antes de irse buscan un martillo; rompen a golpes violentos los monitores, los ordenadores, todos los aparatos que hay sobre la mesa, arrancan de la pared los cables de internet, tiran al suelo estanterías, cogen papeles y los pasan por la trituradora. Las diez personas, incluidos quienes eran su familia, salen de la sala una a una y bajan las escaleras. Oye un portazo; vuelve el silencio. Han olvidado desatarlo, y lo han hecho concienzudamente y con materiales resistentes. Intenta tranquilizarse visualizando la venganza; fría es más placentera. No puede más que arrastrarse muy lentamente; consigue llegar a uno de los botones del pánico que había instalado, escondido detrás de la puerta a baja altura: consigue darle con el dedo gordo del pie. Espera, espera, espera; no sabe si alguien habrá oído su grito de auxilio. Confía, confía: esos dementes no han conseguido nada; somos más. Nadie sabe cómo parar la guerra; algún día tendremos la nuestra propia. ¿Y dónde estarán ellos? Huyendo como ratas, cobardes; solo es cuestión de tiempo. Ningún lugar, estado o grupo de personas ha estado un periodo largo sin guerras. Defenderse es una guerra justa. ¡Pacifistas de mierda!

Escucha unos pasos subiendo; no le da tiempo a ver quién es. Otro golpe en la cabeza: lo colocan boca abajo, le cortan las bridas. Escucha un susurro; es su mujer:

—No te podía dejar morir; yo quería, pero los demás me convencieron para que volviese. No me busques. Siente una patada en los testículos; tras el dolor insoportable comienza a incorporarse comprobando la devastación producida en la habitación. Se percata de que un humo negro asciende desde el piso de abajo. De repente se produce un estruendo: dos bomberos, reventando la puerta, suben; lo agarran y se lo llevan a la ventana donde espera una escalera. Ha dado algunas bocanadas al fluido tóxico.

Pregunta:

—¿Si no han visto a sus agresores, acaban de irse?

Le contestan que no; alguien los ha llamado. Lo tumban en una camilla: deben ir hacia el hospital. La sirena se pone en marcha; allí dentro no se siente la velocidad.

Se detiene la sirena, el ruido en general, el vaivén delicado de la ambulancia, que le parecía que la empujaban desde los flancos estando detenida, las voces, otra vez el silencio, las luces hexagonales, retiene en su memoria cuatro o cinco cosas. ¿Nada será real entonces? Se ha introducido en algún momento en el que ya estuvo. Se incorpora, los dolores, los golpes sí son de verdad, sus pulmones le atosigan, abren las puertas del vehículo, cae como si hubiera estado situado en un anaquel de un armario de la cocina a presión y al abrirlo se precipitase sobre las losas. Sin embargo, es barro con dolor sucio, es la nada donde antes habría lugares y personas. ¿Dónde están sus gafas? Es miope, no existe la lejanía, el mundo a unos metros se reconvierte en manchas de color y lo que podría ser negro es noche, es vacío, y donde podría ser blanco es destello, es molestia a la vista, lo demás es puntillismo. Nada sucede o parece, no podrá encontrar a su mujer para matarla si ya no existe su mundo, ni a sus hijos desertores. No se le ocurre qué podrá construir entre esta desorientación. El pacifismo debe ser esto: la ansiedad. Se han marchado para no volver. Los encontrará, huirán, son unos cobardes, él se quedará para luchar contra lo que no ve. ¿No ha sido así siempre? No debe dejarse arrastrar por esos pensamientos. Estaba todo claro, y no tiene porqué no estarlo. Es cuestión de centrarse, no necesita los ojos. Nadie muere sin mirar de frente al abismo, porque la vida es eso: creer que te pertenece, es lo efímero tan cruel que nos convierte en depredadores.

Se tambalea, da pasos sin saber el motivo, encuentra hueco en la pared del edificio que está delante, tantea, se arrastra a los submundos. Los que mueven los hilos de la guerra no están aquí, en los sótanos donde se hacinan los rostros que ya no lloran. Alguien lejos podría decidir que ya pueden salir. Las comunicaciones no transmiten empatía. Se acurruca en la negra noche entre la masa de desheredados, escucha una voz gritando que dónde están los monstruos, ahora nadie puede saberlo. Esconde su procedencia, no quiere acordarse. Ayer creía que se ganaba la vida, ahora cree que se perdía la vida, se está perdiendo, no quiere haber aprendido. Si saliesen todos afuera con las manos en alto, si se defendieran sin matar, no puede ser. ¿Por qué dice eso? El pacifismo es para perdedores, para cobardes. Él llorará y se meterá en un agujero como un héroe. Es un héroe atacado por gusanos. En cuanto pueda, matará, matará.

La luz es sencilla, alumbrará miles de oscuridades, primero la suya. Saldrá en algún momento del agujero, siempre por venganza, siempre golpear antes de ser aniquilado. Se introduce más en la oquedad, solo se ven sus ojos que no nos ven, solo ven nebulosas y universos extintos. Juan, Jorge, Elisa, están hastiados de sucumbir ante los héroes, los fuertes, los privilegiados. Escaparon, huyen sin esconderse, a plena luz del sol. Necesitan orgullo, no se esconden pero se alejan, se alejan con la más intensa felicidad. Escuchan que sus pasos pisan lo que quisieron pisar, escuchan sus latidos mover sus cuerpos liberados, escuchan al coronel llorar su rabia, escuchan la intensidad de sus respiraciones. Son, de repente, tres liberados de la esclavitud de la hombría, del héroe pitomacho. Los tres fueron presas, de algún modo aún lo son, pero no asumirán su papel. Si viene el cazador, lo encararán; si la muerte les alcanza, no será por haber sido derrotados. No son héroes, ni violencia, ni guerra, han comenzado a construir su pacifismo, por tanto a seguir luchando hasta el final...

Camarga

Un hombre murió cerca de mí. Tardaron mucho en venir a retirarlo del duro suelo. Él no se quejaba; bajo la sábana dorada no parecía que hubiera sido una persona. Sin forma, cuesta encontrar el fondo, imaginar un pasado, un camino. No entiendo por qué ha tenido que desaparecer justo cuando habíamos cruzado la mirada. No lo hubiera conocido en condiciones normales; era una persona más, de las que pasan cerca de nuestra vida un segundo, aunque podría haberse dado la circunstancia, existía alguna oportunidad. Nuestros caminos se podrían haber cruzado. Me habría gustado conocerlo cuando era, me pareció buena gente. Me sonrió porque le cedí el paso en una estrechez de la acera. Unos segundos después se desplomó tras de mí. No se me antojó un hombre con peso, pero sonó como si un yunque hubiese caído de un séptimo piso. En cuanto el cuerpo deja de luchar, la tierra nos absorbe y solo queda el recuerdo, que tampoco se sabe lo que es. Esta enseñanza desalentadora la aprendí demasiado pequeño al descubrir a mi padre balanceándose bajo una gruesa cuerda. Cuando la desataron del pomo de la puerta, cayó ya no siendo, como un fardo de patatas. Es tan difícil comprender que alguien puede estar dentro de un cuerpo y un segundo después no estar, aunque esta sea la única verdad con la que nos toparemos.

Es sencillo asimilar todas las miles de mentiras, las que nos decimos y las que nos dicen. Componemos la realidad con ellas. La mayor de todas es la sinceridad. Cuando tratamos de decir lo que pensamos, mentimos con más exactitud, intentamos que las palabras golpeen, que produzcan dolor o agrado. Con nuestra sinceridad nunca pretendemos la indiferencia, siendo esta la que más se manifiesta en la vida. A casi nadie le importa lo que dices, se habla muchísimo más de lo que se escucha, por lo que irremediablemente volvemos a la mentira, al doble fondo o al triple, para mantener un grado de socialización aceptable, que nos permita mantenernos cuerdos dentro de un entramado de locura.

Alguien llamó a la ambulancia, alguien diferente se acercó al centro de salud que se encuentra a unos cien metros. Alguien apoyó su cabeza intentando encontrar aún latidos en su pecho. Alguien apartó a los demás diciendo que corra el aire, apártense, y comenzó a darle masajes cardiacos. Yo, que también seré alguien para los demás, no me moví, solo pensaba, no sé si en voz alta: ¿Y si fuese Víctor Hugo? Me mantuve en la misma posición observando cómo se acercaba gente con bata blanca, y un minuto después una ambulancia. Di unos pasos para atrás obligado, empujado, y me repetí: «¿Y si fuese Víctor Hugo?».

El hombre estaba allí y no estaba allí. No se llevaron el cuerpo; se había quedado un policía municipal custodiándolo. Esperaban la llegada del juez. Unos cuantos curiosos nos encontrábamos tras una cinta policial atada entre dos árboles. No sé qué hacíamos. No había nadie bajo la sábana dorada. Tal vez la curiosidad es la respuesta. Lo que había debajo debían ser preguntas. No es usual que dejen a una persona sobre la calle. Un hombre a mi derecha dijo que sospecharan de que ha sido un acto violento. Yo le dije que me lo crucé y se desplomó sin más. La policía me tomó los datos, me preguntó por lo que había pasado, les dije lo que vi. Al explicarlo advertí que realmente no vi nada, oí el ruido, solamente puedo aportar que segundos antes era un hombre de semblante amable. Pero también le dije al policía, más bien le pregunté: «¿Y si fuese Víctor Hugo?». El policía levantó los hombros diciendo: no sabemos todavía su identidad, apuntó sin más antes de marcharse.

Siguieron las elucubraciones. Había llegado el juez, colocaron lonas delante del lugar, no veíamos nada. El mismo hombre de antes dijo: «Está claro, es un homicidio. Ojalá atrapen al culpable, ya no se puede ir por la calle tranquilo».

Hombres con escafandras blancas recogieron muestras, hicieron fotos. Del contenedor cercano sacaron un estilete manchado de sangre, del mismo color que la que se desparramó por el suelo, construyendo una sombra de forma irregular, no construida por la inexistencia de luz sino por el afán de los líquidos de ocupar la mayor superficie posible. El policía que me interrogó me vio tras la cinta y se acercó. Me dijo que le iba a llamar, que debía acompañarnos, que teníamos unas cuantas preguntas que hacerle. El hombre que comentaba la escena se dirigió a mí preguntándome con expresión de sorpresa agradable: «¿Ha sido usted?». Le hubiera gustado que le respondiese que sí, así podría enorgullecerse de que había estado cerca de un asesino. Me sentí en la obligación de mover la cabeza afirmativamente. Me sonrió, le había aportado felicidad a su vida, me pareció lo más triste de aquel día.

Le pregunté al policía:

—¿Es Víctor Hugo? Lo busqué en la Camarga, allí los caballos golpean con sus pezuñas el agua y la tierra al mismo tiempo, corren sobre una superficie que no existe, inventada por ellos. Es como si la construyesen con la voluntad, como los pájaros se apoyan en lo invisible. ¿Ha estado usted?

El policía me dijo:

—Ni siquiera le sonaba. ¿En qué lugar se encuentra?

—La Camarga está en el mismo país que vio nacer a Víctor Hugo.

—Entonces Francia, ¿no?

El hombre estaba siendo movido ya. Lo introdujeron en un féretro metálico, una fiambrera gigante. Lo subieron a un vehículo frigorífico. La prueba mayor de que no era ya nada era carne muerta, blanca, nadie. Es que no se tomarían tanto trabajo para alguien que sigue siéndolo. Por ejemplo, todos los días la gente duerme en las calles, convirtiéndose en invisibles, en nadies, y los dejamos allí por siempre.

—No me responden, ¿es Víctor Hugo? —le increpé al policía.

—No conocemos aún su identidad. En cuanto la sepa se la comunico. Quizá usted podría respondernos antes, darnos una pista, tendrá un motivo, ¿por qué lo hizo? ¿Lo conocía? ¿O fue al azar?

No tuve más remedio que inventármelo:

—Sí fui yo, lo seguí, llevo días haciéndolo, estaba en la Camarga de vacaciones y escuché su nombre, pero me hubiera gustado corroborarlo. Me pareció que alguien le llamó Víctor Hugo, el defensor de los pobres, al menos intelectualmente. Se lo pregunté una vez, hace una hora, y me dio un manotazo, no quiso hablar conmigo. Lo asusté, se dio cuenta de que lo llevaba siguiendo miles de kilómetros, en avión, autobús y metro. Huyó, pero por lo visto no lo suficiente.

El policía me miró como diciendo: sabía que eras tú. Me senté en una silla, me engrilló a una barra de hierro que había sobre la mesa. Entraron más policías, el abogado de oficio habló conmigo unos momentos, me dijo que tenía derecho a no hablar.

Se sentaron a escuchar mi declaración. Tengo una gran capacidad de fabular; les conté con pelos y señales lo que querían oír. Se sintieron bien, habían terminado su trabajo pronto. Me produjo placer el poder ayudarlos.

Ese hombre que se desmoronó a mis espaldas, que debía estar ya herido cuando le cedí el paso, que me sonrió, surgió como un pensamiento luminoso y explosivo para aliñar mi vida. En algún momento advertirán mi mentira: ese hombre no estuvo en la Camarga. Sería mucha casualidad; yo sí, y no me arrepiento por no saber explicarlo. Buscaba a Víctor Hugo entre las brumas que se alzan al alba, escondiendo que estamos pisando la tierra, después en las huellas que sobre el salitre rosado son meras heridas superfluas. Lo perseguí sin encontrar su presencia. Antes, cada año me desplazo a un lugar de Francia buscándolo, pero nunca me había sentido tan cerca de encontrarlo. Y al volver, y verlo sonreír, me sentí pleno. Existía el fantasma que me atormentaba, en carne y hueso. No puedo creer que haya estado tan poco tiempo siendo; fue darle la espalda y se difuminó. Soy el culpable. Si no lo hubiera encontrado seguiría siendo, escribiendo, produciendo su excepcional obra.

El policía vino a la celda a comunicarme el nombre de quien asesinaron. No se llamaba Víctor Hugo. Habían encontrado al verdadero culpable: sus huellas en el estilete, la ropa manchada, un motivo, una cuestión de violencia de género. Me dijo que me habían derivado a un psiquiatra y que esperaban que acudiera a la cita, que no debía inculparme. Habían advertido en los archivos que no era la primera vez. Un día podía salirme mal o bien según se mire. Me dio la mano, un golpecito en la espalda, me devolvieron mis pertenencias. Antes de salir me dijo el policía:

deberías plasmar aquello que te imaginas en un libro, quizá algún día las historias te den dinero. Asentí, eran palabras con buenas intenciones. No me conocía, las historias junto al dinero no son lo mío. No sé el porqué, pero no lo son.

Me dirigí a calle Camarga en Getafe, donde tengo el domicilio. Un paraíso terminando la tarde en colores, flotando, haciendo temblar el cielo, me dio la bienvenida. Un poema de Víctor Hugo sobre el escritorio me esperaba…

…soledad, y en la altura cielo azul y la música de algún pájaro que se ha posado en las tejas, y un alivio de sombra… ¿Crees que acaso podemos tener necesidad de otra cosa en el mundo?…

Transmutación del alma política

…Oiga, ¿no va a escucharme? ¡Es usted testarudo! ¡Sus medidas no servirán! Aquí no hemos sido elegidos para gastar bromas a los ciudadanos. Se ha subido a la tribuna a dar un mitin y nadie le ha entendido. Ninguna persona de las que está en su casa ha quedado convencida, y yo me debo a ellos. Voy a ser su voz ahora que todavía podemos hacer mucho para cambiar todo lo que ha hecho mal. Me he dado la vuelta como un calcetín. Usted se ha autoproclamado adalid de las buenas maneras, de los buenos sentimientos, de las buenas caras, y solo intentando que la gente actúe con la palabra *bueno* por delante no se consigue lo que usted pretende, ni nada si me apura.

La debilidad es copartícipe de los malos gobernantes. Es la que convierte en inflexible al más dubitativo y en flexible al más terco. Es como el hongo que pudre la madera reblandeciéndola y convirtiéndola en una pasta. La debilidad es un virus. No ha sido una comparación acertada a tenor de los acontecimientos que felizmente están pasando. La debilidad es, por antonomasia, quien ostenta el mayor número de bajas de la sociedad, tanto literalmente como por ser expulsadas del mercado y, por consiguiente, de nuestra vista. ¿Cuántos duermen en la calle por la debilidad del sistema? ¿Cuántos deben hacer cola en el banco de alimentos? Verdad que no disponemos, ni usted ni yo, de esos datos. No los hemos preparado, no los tuvimos en cuenta, ya los damos por perdidos. Y si un gobernante olvida a un grupo de gente —aunque decir suele pasar sería quedarse corto— no gobierna con la justicia como adalid.

Es usted presidente de todos y todas, obviamente de ellos también, de los que se sientan enfrente y a la derecha e izquierda. Llevo veinte minutos diciéndoselo y me siento repetitivo, pero con el ánimo de que recapacite se lo explicaré otra vez de una manera diferente. Los seres humanos hemos venido al mundo para intentar ser felices. Justo deberíamos poner el énfasis en el verbo *intentar*. Usted lo conjuga poco. Dejar que los sucesos se acomoden solos y luego ponerse medallas en caso positivo o echar culpas afuera en caso negativo es su máxima en la vida. Personalmente no le ha ido mal, pero no se trata de su persona, sino de quienes administra y, por consiguiente, dependen en gran medida de las decisiones que tome.

Ya conocemos las consecuencias. Se ha quedado apoltronado en sus primeros ideales. El mundo nos ha cambiado. Hace unos meses nadie se podía imaginar la hecatombe en la que nos sumiríamos y de la que hemos salido gracias al esfuerzo de todos y todas, también de las que olvidamos y obviamos. Me gustaría terminar con esta sugerencia. Se la he dicho tantas veces durante mis palabras, se la digo otra y las que haga falta, y miro a todos, todas, mis compañeros y compañeras: de este descomunal golpe nos levantaron las cuidadoras, las limpiadoras, las trabajadoras de supermercados… Ya sé, no son solo mujeres. Quiero utilizar el genérico femenino porque se lo merecen. A usted esto no le gusta; el genérico masculino niega la imagen en nuestros cerebros a la mitad de la población, y en estas profesiones que he mencionado, a mucho más del cincuenta por ciento. Ya sé que colecciona una plétora de argumentos contrarios a lo que estoy diciendo. Los conozco de memoria, eran los míos.

Yo estaba donde está usted hace apenas cuatro meses. ¡Vaya primavera distópica! Lo podíamos titular *el año sin primavera*, como aquel *sin verano* cuando se reunieron en torno a Lord Byron creando varios mitos de la literatura universal: Mary Shelley con su *Frankenstein* y John Polidori con su *Vampiro*. Ni siquiera ha llegado a ser una pesadilla, pues la vivimos pellizcándonos y no despertábamos. En una pesadilla correríamos, gritaríamos, manotearíamos, quedaríamos paralizados. Esta, por ser real, nos obligó a luchar contra molinos a la vez que sabíamos que no íbamos a despertar. Pasábamos el día como si nos hubiera caído una losa. Nos arrastró la corriente y nos ha modelado a modo de cantos rodados.

Qué bueno sería para los dos, para nosotros, para mí, que el tiempo nos cediera la potestad de mantener un diálogo. Yo soy el *a posteriori*, en mí se personifica el principio de la sapiencia. He aprendido y con ese aprendizaje quiero dármelas de erudito, porque perjuro conocer la solución. Habría afrontado la crisis de otra manera si no hubiera sido en ese momento usted, que fue el *a priori* más inepto que he conocido. No ha tenido todavía esta experiencia de la que le hablo y debe actuar con sentido de la responsabilidad. Y con ese sentido se equivoca una y otra vez, no se crea único.

El tiempo no me deja hablar con usted aunque lo esté intentando con estas ganas de arrancarle los argumentos como si fuesen células de su cuerpo. Lo rebato, yo escucho su discurso, lo recuerdo, no me gusta verme en las grabaciones que continuamente emiten en la televisión y dan vueltas por las redes sociales. No me agrado en el pasado. En cambio, en el presente y en el futuro incluso me asombra mi seguridad y entereza. Cuando se trata de afrontar, coloco primero el pecho, peco demasiado de arrogante, y cuando lo veo a usted en esta grabación esa arrogancia se transmuta en hueca e innecesaria. En esos ojos pequeños habita muchísimo miedo deslizándose con oscilación explosiva de las pupilas.

Es usted un negado, no lo reconoció cuando todavía no era tarde, ni siquiera explicó todas las opciones posibles, como criticó por lo mismo a otros anteriores en el cargo. Podríamos haber elegido, nos lo podía haber preguntado. Nos llevó por un camino y en él seguiremos hasta nuevo aviso. Quisiera recobrar el esfuerzo, contabilizar y dar nombre a esa gente que olvidamos los dos y que merecen, como nosotros, vivir con dignidad en esta sociedad en la que creímos que cabíamos todos. Me sentiría satisfecho con que nuestro yo de dentro de unos meses o años se avergüence de nosotros. Le prometo que lucharé con todo mi ahínco para conseguirlo.

Termino, me estoy alargando demasiado. Como adalid de las buenas maneras comprenderá usted que ya no nos parecemos tanto, pero yo tampoco quiero que degeneren y se conviertan las formas en violencia. Sin embargo, si me escuchase, si me entendiera, si pudiera influir en usted, le diría: intente ser valiente. Son tantas opiniones… Bastantes serán cualificadas; muchas más, memeces. Cada persona entiende de su parcela de conocimiento: el epidemiólogo, curvas y números; el médico, pacientes; el economista, también curvas, pero estas de ese ente abstracto que tira de los hilos del mundo. Junte a los expertos, escúchelos. Luego, en silencio, observe a la sociedad como si usted no perteneciera a ella, y después, antes de la decisión final, imagínese siendo un individuo cualquiera escogido al azar, y sea valiente. Sé que no lo será…

Nos quedaremos ciegos

Ojo por ojo y el mundo acabará ciego.
GANDHI

Estoy intentando dormir entre un grupo de gente escuchando respiraciones profundas acompasadas, comienzos de llanto sin continuidad como si no se pudieran permitir lanzarse al descorazonamiento completo, cuchicheos, reina el silencio exterior, sentimos a través de la piel y la carne de la tierra, amamos al hormigón que deseamos nos proteja, nos enternece la vibración que puede ser de tanques o de un tremor telúrico más lejano, quizá de tuberías rotas. El agua se filtra; en la superficie se convierte en cristales de hielo; debajo inflará cauces subterráneos que dibujarán arterias, que podrían dar vida a un músculo que abriese en canal el suelo y se lo tragase todo, con nosotros, que luchamos sencillamente por sobrevivir. Pero cuánto duele y cuánto cansa tener esta obligación de mantenerse. Aquí, en la oscuridad completa, imagino solamente imágenes con las que practico el odio y la venganza; le sacaría con mis propias manos el corazón mirándole fijamente a los ojos, sintiendo su sufrimiento hasta verlo caer como un saco al suelo. Quizás eso sería poco para quien es responsable principal —no único— de este cambio de vida radical que nadie ha deseado. Hace diez días a estas horas me acostaba pensando que al día siguiente iría al instituto; no había estudiado lo suficiente, rezaba para que ocurriese algo y que el profesor no pusiera el examen. Hoy me sentaría frente a cualquier libro y lo besaría; me lo bebería si fuese necesario, mirando la nieve al otro lado de la ventana y escuchando la televisión lejana en el cuarto de estar. Siento que me alejo empujado a una velocidad vertiginosa de una vida que detestaba y que ahora añoro; que me han inoculado la venganza, el ojo por ojo —yo nada tenía en contra de quien mandó bombardearnos—, ahora soy su más ferviente enemigo, aunque intento mantenerlo en silencio.

Debemos pasar la noche en el búnker por el toque de queda y la amenaza de bombardeos. Nos tumbamos en los colchones, si se les puede llamar así; se apoyan en las paredes durante el día. Las noches, rodeados de extraños y en la oscuridad completa, son noches que antiguamente llamaría de pesadilla y ahora de comunión. Nada te hace detenerte ante la realidad; no aparece lo cotidiano, no lo encuentras, no conectas con algún hilo que te ancle a la cordura. Nada se parece ni a un solo día de los diecisiete años que he estado en este mundo; no me reconozco, ni a mis sentimientos tampoco. Te vence el sueño a tu pesar, y te despierta siempre alguien a quien la ansiedad por saber lo que ha ocurrido fuera durante la noche no le deja tranquilo. A mí, en cambio, no me aprieta nada esta desastrosa curiosidad; cada día menos. Me gustaría seguir escondido; no quiero saber, no quiero sentir más esta necesidad de matar que al emerger a la luz se me acrecienta, pero la tengo. No puedo desligarme del lado visceral que me produce ver cómo se desmorona la ciudad, aunque ya sé que el cambio se había producido antes en un interior aparentemente normal. La guerra se veía venir arrastrándose como una serpiente bajo la violencia escondida en la alfombra. Me asalta la garganta, me deja mudo, entretenido en mis pensamientos. Ahora lo ataría y le quitaría los ojos con un palo puntiagudo, para que no me viera; no querría testigos para esta maldad que me aprisiona, no querría sentirla. No me hace mejor, me destruye; debo encontrar una forma de escapar de este lugar donde duermen mis sueños de venganza.

Salimos al exterior: han destrozado un edificio. Parece Alepo, Bagdad, Kabul o Saná —qué sé yo—, aquellas ciudades que bombardeaban dentro de los telediarios, lejos, de las que nadie nos dice quiénes son los responsables ni si sus habitantes sufren como nosotros. Esta ha traspasado la pantalla; está ocurriendo porque la veo y la escucho. Me construye con los mismos ladrillos que duermen derrumbados sobre la calle; me siento aún sin construir, nacido recientemente. Aquel mundo que habité no me enseñó nada para este.

Deambulo entre personas que respiran profundamente, que buscan un rayo de sol que les ciegue. Busco; no sé el qué: un camino, un objetivo, una salida, escapar. Al final de la calle me detengo junto a un grupo; me acerco. Hablan de marcharse hacia la frontera; saldrán andando por la noche, guiándose por una brújula que posee una muchacha pelirroja. Si marchamos siempre hacia el sur, evitando ciudades, saldremos de esta pesadilla. Somos jóvenes, fuertes; llenaremos nuestras mochilas de comida, usaremos el día en encontrarla en las colas de los supermercados y en los voluntarios que están cocinando en las plazas para los hambrientos. Pregunto si estoy a tiempo de unirme. No se producen reticencias; convocan una votación y sale el sí por unanimidad. Me enseñan las instrucciones para pertenecer al grupo; las han escrito en una libreta a modo de borrador, es una protoconstitución. La leo por encima; estoy de acuerdo a grandes rasgos. No voy a discutirla: quiero marcharme, alejarme de la barbarie, del peligro de que me alisten para el ejército. Les digo: nos vemos, voy a prepararme. Voy a casa a por ropa y el saco de dormir. Mis padres se fueron al pueblo; no consiguieron convencerme de que apegados a la tierra habría más seguridad.

—Estaréis solos —les dije.

—Podemos procurarnos nuestros propios alimentos —me contestaron.

No los comprendo: ¿para qué queréis comer sin libertad? Ni ellos a mí tampoco. Comer es lo más importante. No me escuchan; el campo no es seguro, hay más soledad, no quieren oír. No habrá quien los mueva; quizás ya no los vea más, pero parece que no les importa. Se enfadaron conmigo, y yo con ellos. Me entristece que estas puedan ser nuestras últimas palabras. Yo solo ansío alejarme de quienes solamente saben solucionar sus problemas con el nacionalismo. He nacido en el lugar equivocado; debo encontrar mi sitio en este mundo. Tengo derecho a poder olvidar. Esta necesidad de venganza me produce daño; no me deja respirar sin necesitar de cuando en cuando una inspiración muy profunda y dilatada.

Bohdan es el cabecilla del grupo, o eso cree él. Cada individuo, al parecer, se ha colocado en su nicho biológico. La muchacha pelirroja se llama Alyona y es la que nos guía con su brújula. Me indican que, cuando estamos saliendo de la ciudad, Katya nos espera en el bosque. Pregunto quién es; me responden preguntándome si no he leído la libreta, exactamente el punto uno. Les digo que por encima la he ojeado: lo de que una osa llamada Katya sería nuestro gurú. Ellos me corrigen: no pone eso, es verdad que será nuestra guía, pero nada de creencias; es filósofa y ferviente defensora de la ciencia. —Nos espera; todavía estás a tiempo quedarte.

—Pero —les pregunto— ¿será una persona, una mujer con el sobrenombre de Osa?

Sonríen.

—Espera, no hagas más preguntas. Ya la verás; la reconocerás al instante.

En el punto cuatro está escrito que lucharemos por los derechos humanos, primero por los nuestros —puntualiza—, claro, toda guerra los abole, y esta es una excusa para proseguir con ellos abotargados, ya de por sí atenuados, por decirlo suavemente. Los hombres obligatoriamente somos peones de la guerra sin contemplar la objeción de conciencia. El delito de odio homófobo no existe en nuestra constitución, y ahora menos. Las mujeres son ganadería de cría para el resto del mundo rico, que necesita niños como quien tiene que comprarse un coche o una televisión. Durante el conflicto nadie sería capaz de movilizarse por los derechos que antes tampoco teníamos. El enemigo común ayuda a que nuestra democracia no se consolide. Son los mismos y se alimentan los unos a los otros: los nacionalistas de un bando y de otro, los inmovilistas, los que creen que nacer en un lugar te confiere un estatus extraordinario que te sitúa taumatúrgicamente por encima de los extranjeros. La gente europea. Europa pondrá los muertos y la crisis económica. El jefe de la OTAN, como siempre, saldrá económicamente fortalecido. Estoy de acuerdo con el punto cuatro, a pesar de mis ganas de hincarle una daga en el corazón al líder ruso. Pero no entiendo que un grupo de muchachos y una muchacha se otorguen tanta importancia como para haber escrito una lista cuya ambición sea la de cambiar el mundo, y menos en estas circunstancias de supervivencia. Debemos huir, luego se verá. Aquí no podremos nunca conseguir nada más que nos maten o hacerlo nosotros, o las dos opciones; no son incompatibles, al contrario.

El segundo punto es el tipo de organización del grupo: nos conduciremos por normas democráticas y cualquier decisión se votará. Nadie será jefe o jefa. Cada individuo se encargará de diferentes aspectos, como la anteriormente nombrada Katya, el único nombre que aparece en la libreta. Cada uno de nosotros tendrá un cometido según sus habilidades. Yo me he declarado poeta porque es lo que me gustaría ser y lo que llevo intentando un tiempo. Les he explicado mis ideas sobre mundos internos y mis deseos de explorarlos. Allí están las sombras de objetos y seres reales que nos inoculan lo que sentimos. La poesía es un vehículo, las palabras son el aceite que engrasa las ruedas. Demasiadas palabras que no llevan a ninguna parte; las otras las mantenemos guardadas. La verdad se nos presenta delante a trozos; deseamos no salir nunca de ellos. Ensamblarlos es el fin del arte: soñar en sacudir esa realidad para cambiarla. Los sueños siguen brillando de día como las estrellas, pero la luz del sol no deja verlos. Creo que me han tomado por el cursi del grupo. No me han puesto de relaciones públicas, como es natural, pero sí a la cabeza de la redacción de cualquier escrito que se necesite. En principio pasaré a limpio la constitución con un lenguaje lo más formal posible y, si hace falta enviar misivas a otras organizaciones o estados, yo seré el responsable. Me sobrepasa, pero lo acepto. No entiendo demasiado. Esta pequeña sociedad, u organismo, quiere ser una entidad propia. He entrado en ella de refilón, cuando estaba ya constituida, y no he querido preguntar demasiado. Quiero conseguir escapar de este sinsentido. Salir, saldremos por donde la frontera no está tan vigilada. Bohdan conoce las montañas, los senderos de esa zona; acompañaba a su padre furtivo, cazaban indistintamente en Ucrania y en Polonia, o en los Cárpatos, y pasaban por barrancos, veredas, por lugares a priori inaccesibles. Dice que está muy arrepentido de esa actividad, pero que mirándolo por el lado bueno ahora puede servirnos para huir. Estoy de acuerdo: lo importante es aprender, darse cuenta, cambiar. El movimiento nos mantiene jóvenes. Y no matar animales, en mi opinión, es un avance humano muy importante, es un signo de racionalidad importante: alejarse del camino de millones de años conscientemente, sabiendo que todo animal tiene consciencia, sufre. Somos los únicos animales que podemos decidir terminar con el sufrimiento prescindible, lo que nos acercaría un poco más a ser humanos, es decir, a tener conciencia moral. ¿Quién no elegiría vivir mejor? ¿O tratar mejor a los demás, incluidos los otros animales? Pues no, en demasiadas ocasiones elegimos lo contrario. Bohdan es una muestra de superioridad real, palpable, de persona que merece la pena. También los demás. Alyona se fue de su casa, salió por la puerta de un hogar desestructurado, hundido en la pobreza anímica. Ya es mayor de edad. Vivía en un edificio okupa hasta empezar la guerra. Había llegado a un callejón sin salida, sin estudios pero con muchísima cultura. Su única opción era prostituirse, venderse a los puteros, o prostituirse como vientre de alquiler. Había decidido marcharse del país; una amiga la había llamado para trabajar como camarera en Ámsterdam. Va con miedo porque sabe la cantidad de mentiras que tienen estos supuestos trabajos, pero no encuentra otra opción para vivir. Ella sí puede salir por la frontera legalmente, pero Bohdan le prometió que la acompañaría hasta Ámsterdam para cerciorarse de que el trabajo era real, y por eso está con nosotros. Los demás, como es natural, llevan a sus espaldas historias variopintas con un denominador común: son hombres, y salir del país es considerado delito. Debemos escaparnos de la atrocidad de la guerra, es nuestro deber como pacifistas. Yo con esa palabra me siento impostor, pues si tuviese delante al líder ruso intentaría que su sangre empapara la tierra. Es una guerra entre las dos potencias venidas a menos, al menos como referentes morales, del siglo XX, y no queremos estar en medio del infinito odio y de un conflicto infinito, aunque será difícil zafarse. Los tentáculos son muy extensos e intensos, y la gente se enfrasca en sus nacionalismos con un afán destructor descomunal.

Salimos de la ciudad como habíamos previsto. Son las cuatro de la madrugada. Debemos tener cuidado: nos estamos saltando el toque de queda. Andamos por calles poco iluminadas; muchos barrios se encuentran a oscuras, lo que nos facilita movernos, sobre todo al llegar al extrarradio. Andamos lentamente, como un escuadrón militar, con avanzadillas que inspeccionan el terreno. Está saliendo el sol y hemos conseguido caminar ya por veredas entre huertos y pequeñas zonas abandonadas, en las que han crecido árboles que aún son delgados. No encontramos a nadie. Sabemos que nos miran. Las pequeñas casas rodeadas de tierra deben estar habitadas en estos momentos; pocos en estas zonas han huido, pero tienen miedo. Queremos llegar pronto al bosque, donde nos espera Katya. Tengo mucha curiosidad. La presencia humana, aunque seguimos sin ver a nadie, va disminuyendo. Los caminos tornan a más rurales y las construcciones se van espaciando. Bohdan señala unas ondulaciones que no podrían considerarse montañas, pero se las llama así. Entre esos dos montes nos espera, en el collado. Hay un pequeño claro, detrás de un tocón gigantesco —me dijo—, hay una pequeña hondonada imperceptible desde el camino. Entre las zarzas hay una entrada que parece caer, aunque si pones los pies te das cuenta de que hay una especie de escalera construida por las raíces. Debajo de esa espesura lacerante nos espera. Vamos hablando en parejas, con voz baja. El camino es de montaña. No esperamos encontrarnos gente haciendo excursiones. Los árboles nos protegen de la mirada del cielo. Hace un día estupendo, huele al limpio de la tierra mojada, a hojas por las que resbala rocío, a algún toque dulce de flores que comienzan ya a emerger entre el barro del invierno que dejamos atrás.

Me acerco a Bohdan, con curiosidad. Me gusta, pero no sé si él me correspondería. Un pálpito me empuja a creer que sí, por miradas. Entré muy rápido en el grupo gracias a su intercesión. Quizá esté exagerando las señales o inventándolas. No quiero asustarlo, preguntarle, no directamente. La verdad es que no sé cómo hacerlo. Hablo con él de lo que se nos ocurre, para pasar el rato. Él se adelanta a mis deseos; yo llevo un rato intentándolo. Acerca sus labios, yo los acepto. Nos besamos lentamente y sus manos juegan con las mías. Me acuerdo de nuestros acompañantes: sonríen, como sabiendo lo que iba a suceder. Alyona levanta la mano derecha haciendo la señal de *okey*. Creo que ha guiñado un ojo, pero como los tiene tan pequeños no estoy seguro.

Me dice Bohdan:

—Cuando estemos a salvo hablamos sobre esto. Debemos ocuparnos de sobrevivir. ¿Te vendrías a Ámsterdam con Alyona y conmigo?

—Claro —le digo—, nada me gustaría más que acompañaros.

—Entonces, dejemos aparcado lo que podría ser una relación. Tendremos tiempo en cuanto crucemos la frontera. Aquí sería un punto más en nuestra contra si nos arrestan. Este país no es para nosotros.

Afirmo:

—Vale, en cuanto consigamos huir hablamos, aunque a mí me gustaría algo más.

—Eso está hecho —me dice—, al menos lo podríamos intentar.

Allí está el tocón. Debió ser un árbol majestuoso; parece que sucumbió por el golpe de un rayo. Tiene una hendidura carbonizada en medio. Tal vez los hongos terminaron el proceso, o la prisa por obtener madera para calentar un hogar. Nos adentramos por donde dijo Bohdan. No tardamos en encontrar el agujero: parece la boca de un pozo por el que podríamos precipitarnos. Alyona prueba: su pie se sustenta y la vemos bajar con seguridad, engullida suavemente por la penumbra. La seguimos. En cuanto se acostumbran los ojos tampoco nos parece tan oscuro; debe estar entrando el sol directo por el otro lado de la maraña de zarzas y vemos las espinas y el ovillo de ramas a contraluz, con destellos titilantes. Llegamos a un espacio vacío, moteado por el efecto de la luz. Al fondo me dice Bohdan que está Katya. No la había visto. Es tan parda como la tierra, aunque es descomunal. Se pone de pie. Me saca de altura otra persona, por lo menos. Abre la boca. Espero un rugido, pero en cambio escucho una pregunta:

—¿Cómo os ha ido el camino?

Me asombra, aunque estuviese advertido. La imaginación no había previsto estas sensaciones extrañas; los demás la conocían.

Se me presenta:

—Soy Katya. Sé que te resulta extraño que una osa hable. Los animales que no son humanos nos comunicamos también, aunque no lo creáis. Muchos os entendemos por vivir a vuestro lado. Yo lo hice desde una pequeña jaula dentro de un complejo para la naturaleza. Vivía en una especie de zoológico para que los niños de ciudad pasaran unos días en el campo. Un circo me vendió con tres años, cuando prohibieron los circos con animales en buena parte de Europa. Aprendí a hablar de manera auto-didacta. Un día no pude reprimirme, y a una limpiadora muy amable y cariñosa conmigo le di las gracias. Ella se asustó, como era esperable. Unos días después vino y me preguntó si lo que había oído era fruto de su imaginación. Yo le contesté que no, era real. Esta vez se quedó a hablar conmigo. Se llama Mariya, una mujer excepcional, mal pagada y peor valorada. No sé cómo convenció a los jefes de que me pusieran una televisión en la jaula. Debía ser que la iban a tirar: era un viejo televisor de tubo. Me enganché a los programas culturales y a los concursos, lo que aumentó el espectáculo, junto con las monerías que realizaba. Las había aprendido en el circo, cuando me lanzaban comida los niños. Ver a una osa sentarse en el suelo delante de una televisión llama muchísimo la atención. Era el espectáculo del zoológico, muy a mi pesar. Los demás animales dormitaban aburridos en sus pequeñísimas jaulas. Nadie sabe lo que es hacer reír con el alma terriblemente triste, pero al menos no me aburría. Yo lo interpretaba como cariño, aunque mi yo racional sabe que no era esa la razón de que me lanzasen comida para que bailase. Se reían de mí por considerarme un animal inferior que poco piensa y poco siente. Les parecía que era una excepción a los de mi especie, superior en cierta manera, porque sabía bailar y ponerme perfectamente sobre las patas traseras imitando a las personas. Llegó la guerra y Mariya me abrió las puertas antes de irse. Habría muerto de hambre si no es por ella. No quedó nadie. Dijo que se marcharía por la frontera con sus dos hijas; tenía familia en España. Seguiría limpiando, dijo, que no serán más marranos que los de aquí. Abrí las jaulas de los demás animales y hui hacia el este. Me encontré con Bohdan, que iba hacia la capital por un sendero. No sé cuál es el motivo, debe ser que estaba cansada o cabreada, pero no fingí ante él. Me salió preguntarle si conocía el camino hacia Rumanía. Me han dicho que allí, en los Cárpatos, viven muchos de mi especie en libertad, aunque no sé lo que haría yo con osos. Pero, en fin, lo mismo encuentro mi lugar en el mundo. Bohdan no salió corriendo. Se quedó callado, en silencio. Después me lo dijo: esperaba la muerte. Sentía que se había desplomado ante el miedo de verme, y deliraba, o ya había muerto y se encontraba en la otra vida hablando con una osa. En fin, reaccionó a los pocos minutos y me contestó: «Sí, lo sé, quizá salgamos por allí. Voy a reunirme con un grupo de compañeros pacifistas en Kiev». Me instó a acompañarle. Por el camino hablamos mucho. Yo debí camelarlo con mis frases, aprendidas en los libros. También me llevó libros Mariya, de filosofía, de personas dedicadas al pensamiento, una colección bastante importante; se los encontró al lado de un contenedor. Leía por las noches, y me gusta soltar unos rollos importantes para afianzar conocimientos. El grupo es mi *sparring*.

Bohdan mueve la cabeza:

—Es humilde Katya. Es una filósofa con muchos conocimientos, es nuestro referente. Ya la irás conociendo. Como ella explica de vez en cuando, usa el método socrático: necesita lanzar frases y sus preguntas, y con las contestaciones construye nuevas explicaciones y nuevas preguntas. Es insaciable, pero nos mejora enormemente.

Comienzo a salir de mi estupor. Hacemos un corro, nos sentamos. Las zarzas conforman una cúpula. Veo el cielo como un puzle sin terminar. Vamos a pasar la tarde. De madrugada saldremos hacia el sur. Bohdan conoce muy bien el camino. No necesitamos luz: andaremos de noche y dormiremos, o descansaremos, de día. Katya nos avisará de los peligros con su olfato.

Katya dice:

—El mundo es un lugar peligroso para vivir, y no a causa de la gente mala, sino de los que no hacen nada al respecto. Nosotros somos pacifistas y, por tanto, no vamos a luchar por nuestro país matando a otras personas que mueren por el suyo. No se trata de países, sino de humanos, sean de la especie que sean.

Todos sonreímos; nos falta decir amén, pero ¿para qué están las lágrimas si no para rubricar la belleza? Katya añade:

—Las ideas predominantes en cualquier época de la historia son las ideas de la clase opresora. Y, como dijo Bertrand Russell, la mayoría de las personas prefieren morir que pensar, y en realidad eso es lo que hacen. Y hoy, aquí, en este país, se puede tomar esta frase como literal. Nosotros no vamos a morir ni a matar. No nacimos para matar a nadie.

Nos falta vitorearla. Katya tiene una voz dulce y serena, pero firme y sin titubeos, lo que nos produce una gran seguridad. Pienso en la paradoja de que haya tenido que venir una persona de otra especie para que nos demos cuenta de nuestra ignorancia y desorientación. Quizá el mundo debería conocerla. No estoy seguro. Bienvenida sea. No será fácil. Nuestra obligación es luchar por los derechos humanos, algo totalmente subversivo e ilegal. Se me han olvidado las ganas de matar; lo digo en voz alta. Replica Katya mirándome:

—¡Por los derechos humanos, de todos y todas!

—Como dijo Beauvoir, el ser humano es el hombre, y la mujer es la hembra del ser humano. Inventaremos palabras si es preciso. El lenguaje modifica el pensamiento —dice Alyona sonriendo y cerrando aún más sus ojos—. Las dos mujeres del grupo os mojaremos la oreja.

Reímos a carcajadas. Seguimos con chascarrillos, historias intrascendentes, torpezas, anécdotas, pequeñas manías, apetencias simpáticas. El ambiente es distendido. Me parece estar en otro siglo, a miles de kilómetros, hasta en otro planeta. Ya no hay guerra, nadie necesita enemigos para mantenerse en el cargo. Los rusos y los americanos no existen, al menos esos países en los que viven que se sienten con la obligación de pelear por ser los dueños del mundo no están sobre nuestras cabezas como espadas de Damocles, y nosotros no nos encontramos en medio exponiendo la vida, la salud y la economía. Europa ha sido liberada de las ataduras de la violencia y el capitalismo salvaje, y se siente con la autoridad moral para implementar en sus territorios los derechos humanos, la salud y la armonía con el medio ambiente, con todas sus consecuencias, para todos y todas, y actuar de faro para el resto del mundo. Han sido eliminados los referentes machirulos y violentos. Ya sé, es mi sueño, lo he inventado yo, pero me siento tan eufórico ahora mismo. Somos pocos, atesoramos tantas fuerzas.

Hacemos con los pies, apartando ramas y piedras, una hondonada en el suelo para acomodarnos con los sacos de dormir.

Katya, de repente, se alarma, cambia su rictus bondadoso, grita. Le sale también un rugido y gira la cabeza abriendo las fauces hacia arriba.

—¡Huelo mucha gente! Nos han encontrado. Ha sido un placer haberos conocido; nos enterrarán aquí, al menos hemos sido libres un tiempo —ruge de nuevo—. Necesitamos no creerla; todavía escuchamos el silencio. Sin embargo, está en lo cierto: cae tierra, oímos máquinas. Corro entre la maraña de pinchos, subo por una de las paredes rasgándome la piel; no siento dolor. El aire se llena de humo, de toses y vómitos; el rugido bronco de Katya, alaridos, Alyona, Bohdan, rugen las entrañas. Me he quedado mudo, sordo. Se produce una explosión que me eleva y me introduce unos metros en una espesura que me rasga la piel por completo; quedo atrapado como una mosca en una tela de araña. Debo estar sangrando; no siento dolor, no puedo moverme. Poco a poco, el silencio de la muerte se va apoderando del espacio y del tiempo. La libreta donde se escribieron los estatutos de esta sociedad efímera se encuentra detenida a unos cincuenta centímetros de mi cara, cerca también, aunque no lo siento real, trozos de cuerpos de mis compañeros. Alargo el brazo entre las espinas: la tengo. Es mía. Si consigo salir de aquí —no lo sé— no estoy seguro de encontrarme entero o sano por dentro. Olvidaré a los enemigos, olvidaré la venganza; no vine a este mundo a matar a nadie. Aquí, junto a mi pecho, guardaré la prueba para quien quiera oírla…

El año sin primavera

Va a salir bien. Este año nos quedamos sin primavera. ¡Va a salir bien, para casi todas! Y, siendo pesimista, para muchas, para la mayoría. O tal vez para unas pocas; me ataca el derrotismo. Con el trabajo, al que le pintan heroicidad —con ese trabajo, no ahora, durante las veinticuatro horas al día, los trescientos sesenta y cinco días del año— se levanta un país. ¿Dónde están los hombres de guante blanco, los de las corbatas, vendiendo las acciones y corriendo como ratas? Vamos a salir con y por ellas: con las cajeras de los supermercados, las enfermeras, las médicas, las camioneras, las repartidoras… usando la cabeza y la fuerza. Vamos a salir bien y no con heroínas, sino con personas que hacen su trabajo con toda la profesionalidad que atesoran. Es lo que deberíamos intentar todas y no quejarnos tanto; lo importante es cómo se vive, no cuánto…

Elisa conversaba con ella; vista desde un observador externo, hablaba con el espejo cada mañana, a veces conversaciones subidas de tono, en las que una de las dos terminaba convencida o no, o quedaban enfadadas hasta el día siguiente, en el que solían restaurar las heridas, nunca pidiéndose perdón, al menos formalmente. La clemencia de la una con la otra, de manera bidireccional, consistía en retomar otra conversación que nada tuviese que ver y volver de nuevo a comprenderse. Para evadirse del miedo que la atenazaba aquellos días tan estrambóticos, no encontraba a nadie más para desahogarse. Acababa de terminar una relación a la que había espurreado por miedo al compromiso; así solían terminar todas sus relaciones. El gato había muerto hacía un mes; el estado de alarma, como a todas, la mantenía confinada. Llamaba a la frutería de toda la vida y le servían lo que necesitaba, trayéndoselo en una caja de cartón por la tarde; lo dejaban en el descansillo de la escalera, ella les ingresaba por transferencia. Una vez por semana se embutía guantes y una mascarilla profesional; se la había comprado su sobrina en una ferretería en la que, por suerte, aún quedaban unas pocas en existencias. Salía a la calle para hacer la compra de la semana. El supermercado le inspiraba miedo, también las pocas calles que debía recorrer para llegar, y no ahora, sino desde hacía muchos años por sus malditos ataques de agorafobia. Pero la maldita manía de comer la empujaba a salir, y la gente que conocía no podía hacerle el favor, al menos todas las semanas. No entendía, y tampoco se fiaba, aunque se lo había explicado su sobrina mil veces, lo de hacer la compra a través del ordenador.

Le dijo adiós a ella dirigiéndose al espejo, y una de las variaciones de la frase que repetía para todo —un día de estos no vuelvo— usaba otras variantes: un día de estos no despierto; un día de estos se preguntan los vecinos cuántos días hacen que no vemos a Elisa; una tarde de estas mi sobrina se alarma porque no contesto al teléfono y destrozan la puerta los bomberos a machetazos y me encuentran cual larga soy en el suelo del pasillo; y la que más repetía: un día de estos salgo en las noticias. Parecía decirlo con deseos de que ocurriese y, seguidamente, como si se hubiera dado cuenta de que no debía sentirse bien por pensarlo, cambiaba el rictus por uno de dolor fingido; más bien parecía que había mordido un limón. A la interlocutora le producía más hilaridad que pena.

Volvió antes de salir por la puerta; no se había quedado contenta, ella no le había respondido. A veces esperaba a lanzarle un grito cuando estaba a punto de salir, un por ejemplo «vuelve pronto», o un adiós, un hasta luego, un exabrupto los días que habían discutido. Se apoyó en el marco de la puerta y le preguntó qué le pasaba. Ella siguió en silencio. Encendió la luz; una grieta en zigzag cruzaba el espejo de arriba abajo, y al menos tres más delgadas salían de esta. Ocho trozos grandes y un número incontable de pequeños fragmentos; no habían caído al suelo. Era un espejo pegado con silicona a la pared desde hacía al menos veinte años, y debieron pegarlo bien porque ahí seguía sin caer al suelo, siquiera la fracción más pequeña.

Se le aflojaron las piernas; se postró de rodillas lentamente intentando no venirse abajo. ¿Qué había ocurrido? ¿Un aire? No sabía qué hacer; era su única compañía, y ahora, en este estado de reclusión, la necesitaba más. El mundo de unas semanas a esta parte se había convertido en tenebroso, en amenazador, y ella, la que le contestaba, la que le explicaba, la que estaba de acuerdo o en desacuerdo, de la que había aprendido tanto a sobrellevar la vida, incluso a vencer sus miedos a los espacios abiertos, a salir a la calle, en casi todo le había ayudado, también necesitaba lo contrario: las discusiones para sentirse viva. Le pasaron tantas cosas por la cabeza; ella era su luz, su esperanza, por quien merecía levantarse de la cama cada mañana.

De repente le llegó una idea: ella no es el espejo, está dentro. Nunca había reparado en la diferencia. El espejo es un soporte. Quizás necesite salir, y si está reclamándome ayuda y yo estoy aquí congelada perdiendo el tiempo… Se levantó, dio apenas un paso y se posicionó en el lugar desde donde hablaba con ella.

La llamó, buscó entre todos los fragmentos, por si se había refugiado en alguno. No la encontraba. Los tocó con prevención de no cortarse, buscándola con las yemas de los dedos, intentando encontrar el contorno de su rostro, escudriñando en las luces múltiples el reflejo de sus ojos claros, unos días más verdes y otros tirando a azules. Solamente encontró aquel espectáculo desolador. Contuvo los sentimientos que rebotaban los unos contra los otros; no debía rendirse. Ella le ayudó en los momentos de caída, no podía abandonarla.

Acercó la cara a los pequeños pedazos, algunos del tamaño de una moneda de cinco céntimos. Cogió un trapo y un limpiador de cristales y eliminó toda mancha o trocito de cristal que dificultara la visión. Observó desde distintos ángulos. En algún instante le pareció ver a lo lejos una sombra, un reflejo extraño; se esfumó en cuanto afinó la vista. No consiguió encontrarla. Debía estar allí. Insistió, la llamó con cariño, diciéndole que la amaba, que no tuviese miedo, que haría lo que fuese.

Se sucedieron fogonazos, como si una tormenta eléctrica estuviera ocurriendo en la lejanía. La vio correr a resguardarse, o al menos le pareció que era ella. Le gritó; no sabía calcular a la distancia a la que estaría: ¡cuando escampe estaré aquí, donde siempre, aparezca o no la primavera! Se arrodilló de nuevo; sus piernas no la aguantaban.

Siguió su monólogo como rezando: te diría que te amo como mujer, pero es mucho más como persona, aunque no sabría desligar de ti ninguno de los dos contextos. No te lo había dicho hasta hoy; lo había dejado desgraciadamente sobreentendido. Vuelve, por favor, el espejo tiene reemplazo, puedo comprar otro, no sé dónde podría hacerlo en estos momentos, pero se podrá, seguro;

a lo mejor mi sobrina lo sabe, por internet, o algo así… ¡vuelve! No obtuvo respuesta; esperó en silencio, buscando en el interior; solo le devolvía su mirada rota como si estuviera echando un vistazo dentro de un pozo de agua agitándose.

Su desconcierto la llevó a caminar por complicaciones del pensamiento que no le hacían bien. Llegó a enfadarse, a creer que habría roto el espejo para escaparse de ella, para huir, que se escondía entre las grietas, esquivando su mirada, que la última discusión habría sido la definitiva, habría dicho algo que la había ofendido, o era que el camino que habían recorrido juntas ya se había terminado. En la última bifurcación habría decidido irse por el otro ramal. Pero fuese lo que fuese, no se merecía el silencio, esa desaparición de repente.

Después se arrepintió de estos pensamientos; lo mismo habría sido un accidente, un movimiento del edificio, de la pared, la silicona que había envejecido… qué sabía. Habría llegado la hora del espejo, como llega para todas, y ella habría huido porque se derrumbaba su mundo. Tal vez se había escondido por el miedo tan profundamente que donde estuviese no llegaban sus gritos.

No sabía qué pensar; era una situación nueva. Hacía diez años que se habían conocido, una mañana del mes de marzo. Ahora que estaba recordándolo, podía ser que fuesen exactamente diez años: el veintisiete de marzo del dos mil diez. Sí, definitivamente hacía diez años justos; no le entraba en la cabeza que fuese una casualidad.

Las circunstancias fuera del espejo, donde se encontraba Elisa, eran excepcionales. Debía bajar a comprar; cerraban los comercios temprano, a las siete. El confinamiento se llevaba a rajatabla con medidas punitivas elevadas. Ella no la comprendía o no hacía el esfuerzo. Dentro del espejo no existían aquellos problemas mundanos; habría otros de los que ella no hablaba, hasta hacía unos días tampoco esos problemas existían fuera, y no es que no hubiese problemas para dar y regalar, pero este era nuevo y no baladí, y hacía ensombrecer a otros, algunos también terribles, e incluso más. La situación superaba el surrealismo; sentía, no solo ella, que el mundo entero se había zambullido en una pesadilla. Era un sentimiento generalizado.

Se lo había explicado de distintas maneras; no era tan difícil de comprender, aunque fuese poco creíble. Millones de personas ahora habitaban exclusivamente dentro de las casas. El espacio público, la tierra en general, se encontraba vacía de personas. La televisión había mostrado animales correteando por los centros de las ciudades, atónitos, mirando aquí y allá curiosos, como solemos encontrarnos las personas en un paraje natural, contemplándolo, sintiéndolo y no comprendiéndolo realmente, pero maravillándonos de su grandiosidad totémica.

La estructura de los pensamientos de ambos cerebros era diferente; por eso, en numerosísimas ocasiones, les resultaba imposible entenderse, aunque aquello era lo mismo que las acercaba. La una poseía en su carácter y personalidad lo que carecía la otra. El estar en casa obligatoriamente, Elisa como un animal en el zoológico, las había distanciado. El comprenderse, paradójicamente, las hacía chocar; la una buscaba la comprensión de la otra y, por primera vez, los días se iban pareciendo como gotas de agua, y la magia de la sorpresa, de lo diferente, de contarse historias inverosímiles y divertidas, alimentaba su convivencia. Esto se desvanecía.

Desde el quince de marzo, cuando comenzó el estado de alarma, ella no se comportaba como solía, con esa cualidad suya de hacerse querer, cercana, de una humanidad tan artificial que conseguía ser creíble como persona, positiva como un *robot* programado para ello, con ese carácter afable que transformaba cualquier conversación en amena. Cada día era más palpable; lo había apreciado, como si ocurriese algo allí dentro que debía esconderse a sus ojos. Pasaban mucho más tiempo juntas.

Comenzaron a hablarse desde lejos: Elisa desde el salón de estar podía ver el espejo y la televisión sentada en el sofá con solo mover la cabeza, y ella desde la esquina superior izquierda, porque desde allí debía tener mejor ángulo para observar a Elisa. Cuando tenía algo que decirle, lo hacía con su voz grave y poderosa. No había perdido el tono afable, pero a veces se le notaba entrecortada, escondiendo una congoja.

Decidió que no podía buscarla más o le cerrarían las tiendas; lo haría cuando volviese. Le quedaban pocos huevos, el ingrediente principal de sus cenas, cocinados de cualquier forma: duro, frito, o en tortilla con espinacas o lo que fuese. Además, en el estado de alarma, las provisiones no podían escasear por si le atacaba el maldito bicho y no le dejaban salir, o por si se le ocurriese al gobierno aumentar las medidas de confinamiento.

Con menos ganas que de costumbre entró en el fatídico ascensor; no disponía de espejo. Pulsó a la planta baja con el nudillo del meñique de la mano izquierda. Abajo abrió la puerta de la calle también con la mano izquierda, cubierta con la manga de lana, y se santiguó, una costumbre que hacía junto a su madre desde que tuvo uso de razón y que había perdido su valor religioso, si es que en algún momento lo tuvo. No era mujer creyente en las mandangas de los enviados en la tierra de un ser que consideran supremo y que ve con ojos inapetentes todo cuanto ocurre a sus hijos, como nos llaman los sacerdotes, hijos mundanos de un padre celeste y huérfanos de madre. Era muy crítica con las autoridades eclesiásticas y con los supersticiosos, menos con los creyentes de buena fe, sobre todo con los que no imponían sus doctrinas; con esos era con los que se llevaba mejor.

Después de santiguarse, siempre se echaba mano a los bolsillos para inspeccionar si había cogido el monedero, la lista de la compra, las llaves… No se le iba de la cabeza lo del espejo, pero realizó el esfuerzo de centrarse. Marchó al supermercado con ese desasosiego que le producían los espacios cerrados con gente. Venciendo su temor irracional a las filas —había que realizar una para entrar— pidió la vez. Delante había cinco personas; tardaría máximo diez minutos.

Cuando sentía que se le introducía el pánico en el cuerpo, respiraba profundo, estiraba el cuerpo, se centraba en sus listas de imágenes positivas, reencauzaba el ataque. Diez años de sicólogos habían dado sus frutos. Hubo un tiempo, del que casi no se acuerda, en que para ir a un supermercado o a cualquier lugar cerrado con gente debía prepararse durante días, y a veces justo al entrar se daba la vuelta afectada por un pánico inmenso. Le producía tanta vergüenza que no se lo decía a nadie, ni a su sobrina; incluso hubo noches en que se acostó con hambre porque se impuso la ansiedad a la necesidad. Que hubiese gente esperando delante, algo que detestaba sobre todas las cosas, ayudaba a que ascendiera el pico de agitación que ella contrarrestaba respirando más profundamente.

Le llegó su turno. Se puso los guantes, agarró una cesta y se dirigió a la estantería de los huevos, compraba exclusivamente camperos por lo de que las gallinas viviesen en semilibertad; ya que eran explotadas, que al menos su vida no se pareciese al infierno. No quedaban. Dudó; estuvo a punto de agarrar unas docenas procedentes de gallinas enjauladas, pero no pudo. Recordó un video sobre empresas que infringían el sufrimiento más inhumano que pueda existir sobre la tierra, cuyo trabajo consistía por encima de todo en hacer el mal con un sadismo inusitado y con esto ganar dinero con la connivencia de los compradores que, o no eran conscientes, o miraban para otro lado. No era capaz de imaginar una cena sin huevos, pero no podía comprar otros. En ese dilema se quedó detenida un rato, largo, porque se le acercó una empleada para preguntarle si le ocurría algo. Elisa se volvió y se agarró de su antebrazo, sosteniéndose en un equilibrio a punto de derrumbarse; el primer impulso de la empleada fue de miedo y a punto estuvo de saltar hacia atrás o golpear el brazo de aquella mujer, pero le pudo más la humanidad que la aprensión al dichoso coronavirus.

—¿Qué le pasa? —se lo preguntó de nuevo.

—Nada —respondió Elisa—. Estoy un poco mareada, me ocurre a veces; debe ser la tensión baja.

La empleada le ayudó y la dejó apoyada contra una columna completamente forrada de espejos mientras le dijo:

—Voy a por una silla, no tardo nada.

Elisa aguardó con la mano derecha enguantada, sosteniéndose contra la columna, mirando al suelo y a los zapatos de tela verde que no recordaba haberse puesto; eran agradables de ver, no sabía por qué no se los ponía más. En ese momento sintió que alguien le acariciaba la mano. ¿Cuándo se había quitado el guante? Más extraño todavía: era desde el otro lado del espejo. La apartó, se enderezó. Era ella… ¿no la había dejado en casa? O eso creía, aunque no la había visto ni siquiera se habían despedido.

Llegó la empleada con la silla, preguntándole si se encontraba mejor. Elisa se lo agradeció guiñándole un ojo; corroboraron las dos la belleza de la muchacha. Se sentó un momento para que la ayuda no pareciese en vano y le dijo:

—Muchísimas gracias, me sentaré unos minutos por si acaso, no se preocupe; ahora mismo estoy perfectamente, habrá sido la tensión.

Ella observaba la escena. Podría ser que sintiese celos de la empleada; era joven, muy agradable, su rostro jovial atravesaba la mascarilla. Se había quedado a su lado sosteniéndole la mano en aquel momento de obligado alejamiento social. En lo que más la aventajaba es que vivía en el mismo lado del mundo que Elisa y era de carne y hueso; con esto no podría nunca competir.

Aquella mujer sentada en la silla, con todas sus manías, fobias y desarrolladas excentricidades, se había convertido en alguien tan extraordinario para ella que había abandonado un mundo del que nadie nunca ha hablado y del que ella tampoco contó nada en ningún momento, ni lo hará. Es un rasgo más de la gente del otro lado: solo saben expresarse con gestos y movimientos copiados de los de aquí. Pero puedo dar unas pinceladas que conseguí averiguar entresacando conversaciones entre ambas.

En primer lugar, afirmar que lo había abandonado es exagerado; mejor decir arrinconaba su mundo las horas que pasaba con Elisa, que tampoco eran muchas, pero sí muy intensas. Es imposible saber cómo lo hacía.

Un segundo punto muy importante: ese mundo es casi idéntico a este, pero en él imperan otras normas, muy escondidas a la observación. Por lo que he conseguido averiguar: ni mejores ni peores. Las personas, que son aparentemente las mismas que hay aquí, son un reflejo, una imagen sin masa dentro del aparente volumen. Por ejemplo, cuando comen un pastel, aquella imagen del trozo de pastel desaparece en la superficie de la boca, pero no entra nada en sus cuerpos; no conocen el sabor de la comida, ni el sonido de una canción, ni el olor de un perfume; todo parece llegar a ellos, pero no lo hace, ni siquiera los toca, se esfuma a una distancia inmedible para la percepción humana. Son tan parecidos a los de este lado que podría dar la impresión de que contienen y sienten lo mismo. Es una sencilla o complicada simulación, según se mire; por dentro tampoco son huecos, esto implicaría que están llenos de aire o de lo que sea. No existen sus interiores; simulan por medio de ilusiones ópticas que están formados en tres dimensiones, cuando viven —si se le puede llamar vivir— en dos, estrictamente.

Pero ella se evadía de alguna manera de sus leyes, como ya he dicho. Cuando se acercaba a Elisa, el espejo se abombaba, ascendía, descendía; su piel de cristal ondulaba como la superficie de un lago en la que hubiesen tirado una piedra. Se convertía él mismo en un animal. Ella hablaba, acercaba sus manos y su boca sin entrar en este mundo, aunque resultaba perceptible; conseguía tocar la piel y los labios de Elisa. Había pasado lo mismo en la columna del supermercado.

Como resultará obvio a quien lea este relato, la evasión de las leyes iba mucho más allá: ella no era un reflejo de nadie, al menos en vivo y en directo. La persona a la que pertenecía ese aparente cuerpo debía estar preguntándose en este lado por tan extraño hecho, aunque esto es pura especulación. Pero si el reflejo era independiente de la persona, aquella persona no siempre tendría reflejo; dependería de la voluntad o el ánimo de este o de la persona, no lo sé. Lo he pensado mucho sin llegar a ninguna conclusión fiable. Tal vez existan reflejos sueltos, reflejos comodín, imágenes de nadie, seres copia de quien ya no esté a los que se les otorgó o compraron la libertad, como los libertos de la antigua Roma.

Si es un lugar con otras leyes, ¿por qué intentamos racionalizarlo con las nuestras? Si quisiéramos comprenderlo del todo, deberíamos usar esa imaginación que o tenemos desbordada o anquilosada, según se mire. Para imaginar lo malo siempre la tenemos alerta, pero no para imaginar lo que alguien que no somos nosotros siente. No toda persona vive con las mismas reglas; no somos entes estrictamente físicos, pero en el caso de la reflexión de la luz, esta se comporta con unos cánones inamovibles. Las leyes físicas, mientras nadie demuestre algo diferente o contrario, se cumplen siempre.

Aunque debido a esta experiencia mi percepción sobre la ciencia ha cambiado, es posible modificarla al menos mentalmente según con qué ojos se observen los acontecimientos. Y Elisa no se había enamorado de un ente invisible: era una reflexión, un reflejo; existía, pero no sabía ni dónde ni cuándo.

También el que me lee se habrá preguntado qué lugar correspondía al reflejo de la propia Elisa, que es el que debería interrelacionar más con ella. Pues no; su reflejo desaparecía cuando entraba ella, y viceversa. Esas leyes enigmáticas no admitían dos reflejos tan equidistantes de la razón juntos. Por tanto, Elisa pasaba a no reflejarse. ¿Dónde estaría su reflejo? Algo que tampoco sé.

Que yo conociese esta historia fue fruto de la casualidad. Yo estaba allí, la eché de ver desde lejos, con la poca intimidad que un apartamento de setenta metros cuadrados puede proporcionarte, justamente cuando terminaba mi relación con Elisa. Viví los últimos meses de nuestros cinco años en su piso. Al principio creía que Elisa hablaba sola, algo que podía ser: conociéndola, posee tantas fobias y manías que una más no hace daño. Y no es que no sea común hablar sola, pero ella lo hacía todas las mañanas durante bastantes minutos, como quien escribe en un diario todas las noches; describía al aire o a su reflejo lo que le había acontecido el día anterior y seguía con multitud de hilos sobre su vida, algunos se remontaban a su niñez. Yo le preguntaba, pero no me contestaba; respondía con evasivas, depositando sobre mí la carga de la excentricidad: «Te lo inventas, me gusta recrearme frente al espejo, me arengo, me doy ánimos, ya me conoces, soy un puro amasijo de contradicciones, manías y fobias, es como un yoga anímico en el que repaso el día anterior y me preparo para el que debo afrontar». Elisa sabía que yo sabía que mentía, pero lo nuestro se estaba acabando y eso también lo sabíamos las dos y no lo afrontábamos. Dejábamos las preguntas sin respuestas y las conversaciones para nunca.

No le pregunté más por el tema. Yo seguí observando y la percibí en esas veces que dejaba la puerta del cuarto de baño entornada. A pesar de que hablaban y discutían —en el buen sentido— mucho, les daba tiempo para escucharse los ojos, como me gusta decir cuando alguien intenta comprenderte e ir más allá, buscar en tu mirada, qué sé yo; ocurre muy pocas veces. A mí con Elisa no llegó el caso. Lo nuestro se había terminado; intenté quitarme de en medio, tardé bastante en conseguirlo. Me cuesta dar el paso para cambiar la inercia, tanto de lo bueno como de lo malo; además, la curiosidad consiguió mantenerme más tiempo allí. Al principio no la escuchaba a ella contestar a Elisa, por tanto creía que hablaba sola, pero al parecer el oído se me acostumbró; no solo la oía, sino que la entendía perfectamente. Es una mujer honesta, que piensa muy bien antes de decir cualquier palabra, no es charlatana; quizá es mucho más joven que Elisa y que yo, desde lejos y a través de una rendija de la puerta así me lo pareció, y hoy, en la columna de espejos del supermercado, me ha corroborado la apreciación, aunque tampoco estaba yo muy cerca y mi vista no es la mejor a largas distancias. Es una mujer muy jovial y eso puede alterar la apreciación sobre su edad.

Me quise acercar, pero Elisa se encontraba demasiado ensimismada con la empleada del supermercado, y ella mirando desde el otro lado del espejo sin mostrar sus celos, porque no es su estilo, pero teniéndolos no puedo entenderlo de otro modo. Yo los tendría; Elisa es capaz de camelar si se lo propone a la más reacia, y ella no puede hacer nada por luchar contra una adversaria, aunque no lo haría; siente justo que alguien del propio mundo de Elisa posea ventaja sobre ella. Esta postura dice mucho de su persona.

Elisa preguntó a la empleada por cuándo repondrían los huevos camperos, a lo que le respondió que no lo sabía.

—Pero si quiere, me encargo de llevárselos a casa esta tarde, ¿cuántos necesitaría?

Elisa no echó mano de la educación declinando la oferta y se dejó llevar por aquella inesperada proposición en el amplio sentido de la palabra.

—Con dos docenas tengo para una semana, ¿se los pago ahora?

—No, considérelos un regalo.

—Insisto, se los pago.

—Luego hablamos de eso, ¿vale?

Elisa se quedó mirando a los ojos de la empleada un rato sin hablar, asintió. Conversaron unos minutos, no sé de qué. Le proporcionó la dirección; la empleada se llevó la silla y se sonrieron a través de la mascarilla. «Luego nos vemos». Elisa es hipocondríaca y teme a este virus y a todas las posibles enfermedades, reales o ficticias, pero por un posible acercamiento, y no solo físico, a una mujer renuncia a sus principios más sagrados, aunque luego se arrepienta. Neurasténica o no, es una persona mayor y tiene varios achaques, como dice ella; no debería haber aceptado, aunque alguien que no la conociera podría pensar que la empleada le llevará los huevos solamente, no entrará a la casa, mantendrán las medidas de alejamiento social. Si conociesen a Elisa, no se les pasaría tal disparate por la cabeza, y la empleada tampoco daba la impresión de que solamente hacía un favor a una persona mayor.

Elisa había usado todas sus armas innatas de seducción, armas nada sofisticadas pero eficaces: su voz agradable, sus palabras optimistas, su presencia inteligente, la apariencia de esconder multitud de enigmas de muñeca rusa que te llevan paso a paso a un sitio soñado. Da mucha rabia porque no se esfuerza nada; me pasó a mí lo mismo, caí en sus garras. Y ese sentido del humor, te ríes con ella constantemente, aunque es una persona realmente pesimista y gobernada por sus manías, te desconcierta tanto… Yo tengo un símil: el chocolate con menta; la primera vez que lo comes dudas si hacerlo y criticas a quien se le ocurrió la idea, incluso riéndote, e inmediatamente, cuando lo pruebas, si has sido enganchado por el contraste pasas a la adicción, aunque hay gente que no; lo mismo le ocurre a Elisa. Hay gente que no; una u otra opción se precipitan minutos después de conocerla.Yo soy ejemplo vivo de que sí, y podría dar muchísimos más.

En cuanto se fue la empleada, no podía estar más tiempo sin hacer su trabajo. Elisa se dirigió al espejo; allí la vi de cuerpo entero. Era una muchacha de unos treinta años vestida de negro riguroso, el pelo también muy negro, los ojos verdes o azules, y la piel muy clara. Advertí que las dos sabían que yo estaba observándolas. Las personas del supermercado iban y venían, recorrían los pasillos como se hace en estos tiempos de miedo al contagio, nerviosas y precipitadas, como si el virus corriera detrás y las personas fuésemos las gacelas y el virus el guepardo. Pero nosotras, las dos, éramos estatuas, piedras, farallones inmersos en aguas bravas, separadas por unos metros, y ella allí dentro, en un mundo de serenidad, tocando la piel de Elisa justo en la superficie mansa del cristal.

Elisa le preguntó por el espejo. Ella le dijo que había sido uno de esos aires que les dan a los cristales, como había elucubrado Elisa. Se había escondido asustada; la había escuchado llamarle cuando era tarde y estaba saliendo por la puerta. La había buscado por las ventanas, como llaman a los espejos diseminados por donde se asoman ellas a nuestro mundo; sabía que no podía ir a otro sitio y la encontró aquí. La miró con gesto amargo, realmente la buscó deseando no encontrarla, porque había venido a despedirse. Elisa le dijo que el espejo tenía arreglo, llamaría a su sobrina, compraría uno por internet, que esperara unos pocos días.

—No es eso —le respondió—. Esta tarde subirá la empleada, y si no será otra.Yo no puedo competir con ellas, no conseguirás nunca tocarme más allá de intuir mis yemas. A mí también me gustaría saber lo que es el volumen, tu volumen. Corren tiempos extraños en los que la distopía es aquella normalidad que se nos va alejando como en una pesadilla, que tiene la intención de abandonarnos y la agarramos pero no sirve de nada. Nos hemos sumergido en ella completamente. Aquí dentro, en nuestro mundo reflejo de todos los mundos que fueron y serán, también está influyendo el confinamiento; están desapareciendo los prados y las grandes llanuras, el cielo azul, no porque no se reflejen, sino que van perdiendo protagonismo en las palabras. Y las palabras, aunque no se trasvasen, sí conforman todos los paisajes a los que se les pueda colgar la etiqueta de humanos. Los reflejos son la muestra destilada de todo cuanto se dice. ¿A que nadie se aprecia igual en un espejo según su estado de ánimo?

Elisa respondió que no. Era extraño que no poder salir de casa, aunque ella tampoco lo hiciera antes mucho por sus fobias, implicase que todas las copias se viesen alteradas, las de dentro, las de fuera. Ella le dijo que era natural; tal vez nunca lo hubiese experimentado con tanta intensidad, y por eso le habría pasado desapercibido. No se producen las mismas olas en la orilla de un estanque cuando cae una roca o una piedrecita.

—Tú sabes más de eso que yo —dijo Elisa.

Siguieron hablando, conversando o discutiendo como hacía cada mañana en el espejo del cuarto de baño, hasta que llegó el guarda de seguridad a decirle que no podía estar más tiempo allí, que las compras se debían hacer con celeridad, estaba prohibido detenerse en medio del pasillo. Elisa no respondió al guarda; su mirada despectiva lo expresó todo.

—Tiene que marcharse —le repitió esta vez con voz autoritaria y violenta.

Elisa se dio la vuelta sin contestar, como si ese hombre no existiera, y salió por la puerta después de haber pagado la compra. Fui detrás de Elisa a una distancia prudencial; se dio cuenta porque se paró para hacérmelo ver, mirándome de arriba abajo. Me sonrió como hacía tiempo. Me esperó en el portal, con su usual expresión expectante, y me habló. La conozco demasiado; sobre lo de ella, lo de la empleada, eran momentos en la vida, anécdotas para no sentirse detenida. Me dijo que yo era —y para esto sí usó la voz— a quien elegía, que por favor subiese con ella, que no cambiaría el espejo, y si hacía falta para que no me marchase, nunca compraría uno. Yo le dije que no hacía falta, que volvería sin condiciones, lo intentaríamos de nuevo, que yo la aceptaba como era, no pretendía cambiarla, que ella sabía que nunca lo había intentado.

Pero le pregunté:

—¿Qué es lo que ha cambiado?

—Yo creo que nada —me dijo—, pero me he dado cuenta de lo fácil que es perder realmente a quien de verdad te importa. El miedo formaba parte de mí; ahora el miedo es la atmósfera, el aire; no podría soportarlo. No tienen razón de existir dos miedos contrapuestos, complementarios, en una misma persona. He decidido, o no sé si lo he decidido o ha venido a mí, se me ha impuesto, ser más valiente, con no mirar mi propio miedo, vivir como si no existieran. Me contento. He perdido tanto tiempo pensando en el futuro, temiéndolo; no creo que nadie, ninguna de nosotras, se lo pueda permitir. El futuro ya no existe, quizá nunca lo hizo. Vivíamos en una mentira. Este virus nos ha abierto los ojos.

Le ayudé a subir la compra. Estábamos por primera vez solas en el apartamento; ella ya no estaba, cuando viniese la empleada saldría yo y le pagaría los huevos, le daría una buena propina. Fue más fácil pensarlo que hacerlo; me resultó muy violento. En el fondo sentí pena porque Elisa es capaz de enamorar a una mujer *ipso facto*. Cuánto habría fantaseado la empleada desde aquella mañana… Yo conocía aquellas sensaciones porque pasé por lo mismo. Me salió decirle, aunque no lo hice, que tuviese paciencia; yo la tuve y allí estaba, cerrándole las puertas, pero habría sido tirar piedras sobre mi propio tejado.

Nos sentamos en una postura inquieta, en equilibrio, abrazadas juntas intentando no caer hacia atrás ni hacia adelante, yo con los ojos cerrados, loca por Elisa, deseando que este confinamiento entre las dos fuese eterno, que no me dejara otra vez por su imaginación, esa postura suya ante el mundo en la que confunde el miedo con la realidad. Ella me dijo que aquella misma mañana pensó que ese año no vendría con primavera, como aquel del que todavía se habla (1816), en el que no existió el verano, aunque la maceta del balcón, esa a la que no hace mucho caso, había florecido con unos recientes y exiguos cuidados. Esas florecillas en racimos, blancas y muy olorosas, la desmentían: en cualquier lugar podría darse la primavera, en cualquier momento, solo nos hace falta vida, estar aquí, no seguir durmiendo o despertar enteramente.

Como dijo John Donne: «Nadie duerme en el recorrido que le conduce de la cárcel al patíbulo; sin embargo, todos dormimos desde la matriz a la sepultura». Respiró profundamente al decir esta frase, como intentando recordar más sentencias para ilustrar lo que intentaba decir. Yo le dije que no siguiera, que la comprendía: yo también duermo, he dormido por temor a sentirme enteramente viva, por temor a lo que diga la gente. No es momento de seguir las normas de ayer; se están resquebrajando las antiguas. Ayudemos y derrumbémoslas. Por primera vez nuestros ojos se comprendieron.

Me dijo:

—Creía que ella era mi esperanza, estaba equivocada, no debía buscarla, no existe ni el futuro, ni los futuros, es un reflejo nada más.

Gracias, hermano

Desaparecen los relojes. No sabemos a dónde van. A mí, personalmente, me desconcierta. He escuchado que el tiempo no tiene la culpa de lo que pasa. La gente lo dice sin pensar. Lo han aprendido bien: es la letra de una canción. La cultura popular le sirve al poder para adoctrinar. Las responsabilidades las achacan al esfuerzo o a la diosa Fortuna. Pero el tiempo es el verdadero responsable de los acontecimientos. El tiempo se aburre. Sin su presencia el universo sería un desierto plano, mucho menos cruel y salvaje. Entonces, ¿los relojes se esconden porque se han cansado de que les ninguneen? Estoy completamente seguro. Si no están, si nadie los ve, los segundos se detendrán, huérfanos de su padre rígido e implacable. El cómputo, el conteo, la medición, tienen muchos nombres.

Yo sí pienso mucho. Todo el día estoy aquí dentro, en esta cabecita infinita, observando. Ellos me ven desde la normalidad de la que se imbuyen, desde el desdén y la complacencia. Aunque no consigo expresar con claridad los pensamientos, siquiera mis actos les parecen coherentes. Me he sentido solo en la escuela, en la calle, porque las risas y las bromas no acompañan: desarropan. Son trampas con las que dormir los problemas. Se olvidan de sus vidas para alzar como un faro mi trastorno mental, mi locura. Existen momentos que de verdad no sé dónde he estado. Hago cosas que me cuentan, que me hacen reír como a ellos, porque en eso consiste ser normal: en conseguir reírte y mirar por encima del hombro a los considerados por la sociedad imperante inferiores.

Mi padre y mi madre no me enseñaron eso. Pero al atravesar la puerta de casa, si no hablas mal de quien toca, no serás aceptado en cualquiera de las pequeñas y mezquinas minisociedades diseminadas por el orbe. Es así. No sé quién inventó esta norma, pero se cumple a rajatabla. Cuando me pierdo en aquellos vericuetos invisibles para mí, no soy mala persona. O eso me cuentan. Ninguna de mis bifurcaciones lo es. Simplemente estoy, al parecer, en otro universo. Mis ojos ven lo mismo que los demás, pero mi cabeza convoca a personajes y situaciones que no están supuestamente en la realidad o delante de mí. Es una forma de explicarlo.

El médico me lo contó con líneas ramificándose, usando un bolígrafo azul sobre una cuartilla. Escribió mi nombre y de él emergían dos flechas. Me dijo que era una forma de simplificar, que podían existir muchas más. En ellas yo soy otro yo. Lo comprendo, no soy tonto, le dije. Aunque me gustaría estar allí y saber lo que mi cuerpo está haciendo. Las consecuencias de los actos de cualquiera de esas flechas las sufren las demás líneas; en definitiva, también yo, Mario. Es lo que más trabajo me cuesta comprender. El médico asintió.

Es verdad, es difícil de aceptar que uno mismo es también responsable de lo que hacen los demás. Hay que empezar comprendiendo que la sociedad, las leyes, no están preparadas. Algunas cosas han cambiado a golpe de reivindicación, pero la locura sigue estando mal vista. Somos sospechosos. En la televisión he oído al presentador, hoy mismo, ante un asesinato atroz de un niño a su padre, madre y hermano, que debía tener algún trastorno mental. ¡La maldad no es una enfermedad! ¡No se enteran! La gente como yo no va por ahí haciendo eso. Somos variopintos como cualquier hijo o hija de vecino. Podemos ser buenos o malos, generosos o avariciosos, alegres u hoscos. Ese niño tendrá o no algún trastorno, pero hizo lo que hizo por maldad, por odio.

Yo no soy capaz de odiar más de unos minutos de rabia. Luego pronto se me olvida. Siempre he aceptado a los demás con naturalidad. Me gustan, me acerco, hablo con ellos, bromeo. No me gustan, me alejo, me voy, no los escucho. Que hablen, que prediquen en el desierto. Mi madre sonríe ante mi forma de ser. No es una pose. Ella casi siempre se encuentra en ese estado de prudencia y resignación. Lo toma todo como viene. Si puede solucionarlo, lo hace; y si no, pasa página y acepta el cambio. Mi padre sufre más. Sonríe también, intenta tranquilizarse, pero sus gestos a veces le delatan. No le enseñaron que la vida está construida de frustraciones y golpes.

Su padre y su madre, o los dos, debieron ser de esos que piensan que los niños necesitan crecer dentro de una burbuja. No conocí a mis abuelos ni a mis abuelas, solamente de oídas, y no con frecuencia ni extensión. Debo aceptar a mis otras líneas en bolígrafo azul sobre el papel en blanco del tiempo. Lo que viven lo hacen con mi cuerpo, con mi cara, andando por la misma calle por la que lo hago yo. Irán a comprar el pan o al psiquiatra, que les explicará lo mismo o distinto, no lo sé. Se esconden los relojes, se paran, se pierden. Los almanaques han volado hasta la calle. Hoy mismo me he encontrado uno debajo de la ventana del salón de casa. Me han pedido explicaciones. Me gustaría dárselas.

Me dirijo a la consulta del psiquiatra. Le preguntaré. Quizá se lo haya contado uno de mis hermanos en otra consulta. La calle de adoquines antiguos es incómoda para los pies. Los coches también se quejan, pero te consiguen convencer de que no es asfalto. Trata al agua y al aire de otro modo. Tal vez nos retrotrae a un pasado al que consideramos mejor, lo cual termina por convertirnos en añoranzas con patas. Es un sentimiento deprimente al que muchos estamos enganchados. Los desconchones en las fachadas, los ladrillos resquebrajados, el óxido de las rejas, los bosques impenetrables en las casas sin tejados, las hiedras abrazando los muros... El estado de abandono es mágico, reparador. Nos devuelve la verdad de que nuestra existencia es innecesaria. Robamos al paisaje su belleza con destrucción. Afortunadamente, también la devastación es efímera.

Yo, como persona que soy, me considero respecto al tiempo momentáneo. Antes no me gustaba esa sensación de finitud que se encuentra uno cuando deja la infancia. He aprendido a existir en el presente y a olvidarla, a saborear cualquier pequeña sustancia que el instante ante mí me muestra, e intentar que esos yos se complementen. Por lo que hoy he venido es curiosidad. Estoy dentro de la consulta. Tantos diplomas en la pared me parecen, temporalmente como espacialmente, imposibles. La mesa es ridícula, pequeña, de una de esas tiendas con lema aberrante *ármela usted mismo*. Es de malísima calidad. No me apoyaría en ella demasiado. Las estanterías de formica alabean, y la ventana de hierro, recién pintada con descuido, es lo mejor de la consulta, porque a través de ella se ve la montaña y la bruma que baja por ella, el cielo blanquecino, y a la derecha la ría.

Al echar la vista abajo no mejora el panorama: el suelo de terrazo manchado de óxidos y ácidos, de sombras de muebles que estuvieron allí. La silla sobre la que se sienta este hombre en el que deposito todos mis pensamientos cruje a cada movimiento. Las ruedas no giran y debe empujarla, da pequeños saltitos para acomodarse cerca de la mesa donde apunta lo que piensa en cuartillas con bolígrafo azul. En rojo escribe quizá —no se lo he preguntado— aquello que debe hacer o decir, o buscar, o recetar para intentar solucionar los problemas que le planteamos los locos que acudimos a su consulta. Locos lo digo yo, él nunca usaría esa palabra. Pero me gusta saber que lo soy y no ocurre nada. Sufro, pero los normales también. Yo, al menos, he sido diagnosticado.

Es un hombre grande y desgarbado, sin pelos en ninguna parte de su cuerpo, incluidas las pestañas y las cejas. La mayor parte del tiempo de la consulta observo la parte superior de la cabeza, que reluce ante la luz de la bombilla huérfana que cuelga del techo. Levanta los ojos y sonríe siempre que te pregunta o hace algún comentario. Da pocas pautas, pero las explica concienzudamente, con ejemplos, dibujos, esquemas. Para ello tiene un montón, en una esquina de la mesa, de folios escritos por una cara que recicla de este modo. La última consulta me llevé las bifurcaciones que había observado en mis demás personalidades y la receta de espaguetis carbonara auténticos —como puntualizaba el título— junto a la lista para comprar los ingredientes.

Le pregunto si sabe por qué en mi casa desaparecen o se paran los relojes. Me dice: tengo aquí escrita una pregunta. Le pregunto:

—¿De quién?

—Tuya —contesta.

Le digo ansiosamente que estoy esperando la explicación. Me enseña la cuartilla: pone «¿Qué pasa con mis padres?». Levanto la cabeza y pregunto qué quería decir.

—Te referías a que los observas distintos, diferentes, algo les está ocurriendo.

—Están envejeciendo —le digo.

Él asiente.

—Es evidente. El tiempo pasa.

—Sí —me dice—, tu segunda personalidad más acusada tiene miedo de quedarse sola en este mundo. Es una persona solitaria, miedosa, en cambio muy inteligente. Tiene algunas ideas disparatadas sobre el tiempo desde siempre. Esconde los relojes en el congelador, les quita las pilas. Está completamente seguro de que con ese plan se saldrá con la suya. Se detiene delante cuando ve algún reloj en la calle o en cualquier lado. Lo mira profundamente y piensa repetidamente que podrá con él, lo detendrá o dejará que influya en el transcurrir del tiempo. Lo convertirá en un objeto anodino, estético, como tantos, pesando sobre nuestras existencias, rodeándonos para apresarnos y ahogarnos. Un objeto para la colección tremenda y disparatada de cosas que nos rodean atosigándonos. Teme que su padre y su madre —que son los tuyos, como es lógico— desaparezcan y lo dejen solo. Por eso se comporta así.

Le digo que me parece algo incluso excesivamente racional. El psiquiatra me ha abierto a un abismo de emociones. Ese otro yo me produce ternura. Es más capaz de ver cómo está construida la existencia. Eso debe doler, producir ansiedad. Yo no reparo en el tiempo más que para, como todo el mundo, sentir añoranza y pérdida, esperanza o temor por el porvenir. A la vez siento que no puedo influir en él y que soy inmortal, igual que los que amo. Pierdo los días sin hacer nada que me aproveche.

El psiquiatra me dice que él es un ser más primario, menos reflexivo que tú, paradójicamente más racional. No he entendido este punto. Con el sentimiento y el cariño sublimado. A esas personas la vida suele tratarlas mal, porque ellos esperan bondad y empatía.

—Ya sé —le digo—, el mundo está construido para la lucha, la prisa, el resultado, no para detenerse a contemplarlo.

Salgo de la consulta después de la hora sabiendo qué está ocurriendo en casa. Yo también veo a mi padre y mi madre envejecer. Algún día se irán, o yo lo haré antes. No quiero adelantar acontecimientos. El presente es valioso. Mi locura forma parte de mí. La impotencia. Las personas no piensan, pero hablan todo el rato con los demás como si fuesen ellos mismos escuchándose. A mí no me pasa lo mismo. Me gustaría conversar con esos otros puntos de vista que se entretienen con mi cuerpo cuando yo no estoy. Se parecen a mí solamente en apariencia.

Me acercaré a casa a comunicárselo a mi padre y a mi madre: su hijo esconde y detiene los relojes porque no quiere perderlos y quedarse solo. No se siente con la fuerza y la autonomía para enfrentarse a la vida sin las armas que todos deberíamos haber adquirido con la experiencia. En el fondo, aunque no lo admitamos, yo al menos también soy como él. Tengo horror de enfrentarme al tiempo, a su dictadura, a su camino. Quien tiene la fuerza en este mundo gana, porque los demás tenemos miedo a perder la vida, y por perderla la devolvemos al infinito íntegra, sin mancillar, yerma, absurda. Hilos de hormiguitas que vivieron contemplando la nada con ojos desterrados.

Les explico, nada más entrar, la noticia. Sonríen. El suelo de mármol deslucido sufre por no reflejar la escena. Las cortinas descoloridas del salón no son el marco de un hogar en el que sobren los recursos. El vacío de la pared donde hubo un reloj nos hace reír a carcajadas. Nos sentamos en el sofá. Sus muelles, o las cintas que soportan el peso, se han destensado y nos hundimos como maderos que, flotando sobre la cresta de una ola en el mar, se sumergen en su valle y son cubiertos por el tubo que son los abrazos y el acercamiento de los cuerpos, que se desbarajustan contra la rompiente de una playa arenosa.

Soy su hijo, que aún sienten pequeño. Juegan conmigo. Su visión es la de un sentimiento, no la de una realidad. Yo soy autónomo, pero los demás que habitan en mí, al parecer, no. Salimos a la terraza. Compraron hace unos días unas sillas preciosas, cómodas, que nos hacen sentirnos dichosos por contemplar el espectáculo del mundo, sea cual sea. En este caso, una avenida que, como una aorta a la que le exige el ejercicio del cuerpo que resista el fluir frenético, se halla atestada de vehículos, muchos tocando el claxon porque sienten que les están robando el tiempo. Cuando lleguen a donde se dirigen veremos cuán importante es aquello por lo que se enervaron. Al otro lado, un parque da las espaldas a la ciudad, se cierra sobre sí mismo. Dentro, la paz se convierte en un arma que destruye a esas voces que gritan, a esos hombres que quieren perdurar oprimiendo. Allí, en ese pequeño oasis, mi vista se ha detenido.

Yo, al menos, no puedo parar el tiempo. Los relojes, pienso, no tienen la responsabilidad de que transcurra. Únicamente cuenta el que hemos gastado, aunque su no existencia nos abocaría a la esperanza. Ese yo que no conozco es más racional, sabe más. Su inteligencia emocional traspasa mi cuerpo, me transforma en mejor persona. Si supiera cómo dárselas, le diría: «Gracias, hermano…».

La orientación

Lo voy a narrar como lo sentí. No sé exactamente si es como lo viví. A pesar de lo estrambótica que es la historia, tan fácil de colocarle la etiqueta de mentira, simple y sencillo, fácil, sin transiciones, un espejismo tal vez, pero la verdad más absoluta que me ha ocurrido.

Subíamos en el ascensor. Veníamos de comprar cuatro cosas. Vivimos en un cuarto piso. De repente relampaguearon las luces y se detuvo. Escuchábamos mucho ajetreo fuera. Gritamos pidiendo ayuda. Dos muchachos hicieron fuerza hasta abrir las puertas. No nos dio tiempo a darles las gracias. Corrieron hacia un río de gente. Delante de nuestros ojos, el descansillo de la tercera planta del edificio. Una marea de personas subía las escaleras. Elisa me dijo: solo es un piso. Seguidamente la vi perderse entre la multitud ascendiendo por una escalinata de bastante anchura y de longitud inmensa. La seguí embutido entre las personas.

No pasó tanto tiempo hasta que había llegado a una llanura. Me dije: este será el descansillo de casa. Busqué la puerta. Pregunté, obteniendo recelos con silencios. Me sentí solo. La gente iba desapareciendo. Cada cual encontraba su hogar, su lugar, su trabajo, sus amigos, hasta que la llanura se extendió inmensa para mí, con las oleadas de los pastos mecidos por el viento, y los herbívoros, manadas por doquier, salpicaban el color trigueño. Pensé que quizá hubiese viajado en el tiempo. Mis antepasados los cazadores-recolectores estarían ganándose la vida en algún lugar. ¿Qué haría yo allí si me había criado sin cazar ni recolectar?

De repente me acordé del móvil. Quizá escribiendo la dirección en la aplicación de Mapas me ayudase a volver. Habría tomado un camino equivocado, eso era todo. No debía ponerme nervioso. El teléfono funcionaba perfectamente. Anoté el lugar donde he tenido mi domicilio estos últimos treinta años. Me recriminó: no has escrito el planeta al que quiere dirigirse.

—¿Cómo? —Hice lo que me pidió—: La Tierra.

—La Tierra no existe. Quizá quiere decir el planeta antiguamente llamado Tierra.

—Será —contesté—. ¿Ahora cómo se llama?

Entablé una conversación escrita con el teléfono. Me respondió:

—Ya te he contestado. ¿Allí quieres ir? No hay transporte público, ni carreteras, ni vuelos que lleven a ese planeta, al menos en este siglo.

—¿Entonces qué hago? —le pregunté.

—Conformarte con tu desorientación —me dijo—. Estoy apagándome, me quedo sin batería.

Lo vi dormirse para siempre en mis manos. Lo mecí, lloré, hice un agujero con un palo, lo enterré en un puntito de aquellas llanuras interminables. Nunca sabría regresar a venerar su tumba, lo que me produjo una gran pena y ansiedad.

Cuando me repuse de su pérdida, me dije: no te pongas nervioso, busca las escaleras para bajar al tercer piso. Quizá habrán arreglado ya el ascensor y podrás seguir con tu controlada vida. Escogí una dirección orientándome con el viento: soplaba del este. El día que subía las escaleras hacía levante. Ninguna lógica. Pero ¿por qué seguir un pensamiento elaborado en un lugar que me resultaba imposible comprender? Anduve en contra del levante, un viento seco y cálido que derrite la voluntad.

A la hora de dormir hacía un hueco aplastando la hierba alta, y al día siguiente volvía a confrontarme con el viento. Terminé por olvidar para qué quería volver y, aun así, mover las piernas se había convertido en costumbre. ¿No hacía antes lo mismo? Moverme perdido en un mundo por costumbre. Pero creía que era elegida por mí, y esta creía que me había sido impuesta.

Un día se detuvo el viento. La hierba dejó de agitarse. No tuve más remedio que parar también. No tenía sentido proseguir. ¿Hacia dónde? Me senté en el suelo. Con las manos chafé la hierba conformando un círculo y me tumbé a esperar a que soplara de nuevo.

El sol salió y se puso. Al final perdí la cuenta de cuántos días. Me gustaba observar entre los tallos altos de pasto a los grandes herbívoros comer y a los carnívoros correr detrás de sus presas hasta alcanzarlas en algunas ocasiones. Las hormigas me maravillaban. Un hormiguero cerca de mi cama me entretenía más de lo suficiente. Habría necesitado diez vidas para aprender todo de ellas. La rutina que había establecido era la que más me había gustado nunca: observar a los demás y no hacer nada por propia iniciativa. Habría encontrado mi sitio. Intenté saborearlo sabiendo que nada dura para siempre.

Cuando ya no lo esperaba, el viento se despertó con mucha fuerza. Esta vez era un poniente fresco y húmedo. Me aportaba fuerzas, energías, ganas de correr, de mantener una conversación. Me levanté, anduve en su contra. Los pastos reverdecieron, llovía regularmente. No me gusta la lluvia cuando cae más de dos o tres horas seguidas. El tiempo no se puede elegir, pero nos quejamos como si pudiéramos. A la hierba le iba muy bien: creció, y los herbívoros se multiplicaron de manera asombrosa.

Luego vinieron años de vientos cambiantes. Siempre marchaba en contra, por tanto mi dirección también mudaba. Pasé en infinitas ocasiones cerca de manadas de búfalos que no me hacían cuentas, siquiera me olían, ni se apartaban. Debía rodearlos. Los carnívoros, agazapados en busca de alimento, no contaban con que yo se lo pudiera dar. Es lo que más me desazonaba: mi nadedad, la absoluta indiferencia con la que el mundo me trataba. Recordé que este sentimiento me había acompañado siempre, pero en ese momento era real, no solamente una sensación.

No quiero seguir aburriendo con la multitud de sentimientos, de pensamientos que me dio tiempo a elaborar en aquel tiempo dilatado. Casi todos me siguen sirviendo hoy en día en mi aparente vida sencilla y normal.

Una noche, la última, aunque yo aún no lo sabía, el cielo comenzó a oscurecerse detrás de mí. Dejaron de brillar las estrellas. Una gran sombra tapó el cielo. Sobre esta, como si fuese un lienzo negro, infinidad de luces conformaban los continentes de la Tierra. Deduje que era mi planeta pasando cerca. Comenzó a amanecer por el este. Pude contemplar el principio del mar Mediterráneo: Jordania, Líbano, Turquía, Grecia… Volaba en un avión boca abajo. Pronto distinguí las ciudades, luego las carreteras, las parcelas, después los coches moviéndose, la gente andando por las calles. Recorriendo el Mediterráneo, fueron acercándose los dos planetas hasta que contemplé la bahía de Almería.

La Tierra se fue aproximando cada vez más. Podía casi tocar con los dedos los edificios. Allí estaba lo que buscaba hacía años: mi hogar. Di un pequeño salto, dándome la vuelta en el aire. La

Tierra me atrajo y caí en la azotea. Había un vecino tendiendo. Lo saludé. El planeta que me había acogido después de perderme se alejó hacia el oeste, y el sol comenzó a golpearme con fuerza. Había perdido ya la costumbre de esa sensación de calor que producen sus rayos. Allí no había más que luz sin foco y noche de infinitas estrellas.

Aquí, en la Tierra, siempre hay demasiada claridad, demasiado ruido. Las dos cosas que me molestan más no se detienen ni un minuto al día. Bajé las escaleras, un solo piso. Me palpé el bolsillo, saqué las llaves, abrí la puerta, saludé a Elisa. La besé como si hiciera mucho tiempo que no la veía y me preguntó:

—¿Compraste las pilas?

Me toqué otra vez el bolsillo y le dije:

—Sí.

Saqué las gastadas de la radio, le coloqué las nuevas, la encendí, me senté junto a ella, intenté recapacitar sobre lo ocurrido. La apagué. No me dejaban pensar las palabras y palabras, siempre las mismas, un día tras otro, un siglo tras otro. El silencio me recompuso. El silencio es una brújula. La miré, le pregunté, me pregunté: «¿Quiero encontrar el norte?».

Ningunombre

—¡Toma, aquí lo tienes!

Se había deslizado sigilosamente como cualquier madrugada de lunes desde… No se acuerda del momento exacto. Aprendió de su padre. Lo acompañaba al principio los días sin escuela. Debió comenzar con ocho o nueve años. Le parece que haya transcurrido una eternidad, aunque apenas ha pasado la veintena, se siente ya un veterano. Su padre sí había conocido lo que llaman libertad, un concepto que nunca supo transmitirle, aunque él no exterioriza su ignorancia. Se necesitaban otras reglas, haber tenido aquellas vivencias para comprender profundamente el concepto. Apenas se hacía una imagen imprecisa de lo que debía ser eso de la libertad individual, aquella que te importa nada y menos que el prójimo sufra tus decisiones. Había intentado explicárselo con palabras y metáforas de todo tipo. Le contaba que él nunca había leído hasta que la oscuridad política tapó el futuro, llenándolo de incertidumbre con tantas palabrerías culturales, que creció por las calles con sus amigos, bebiendo, tomando drogas de cualquier ralea. Era un mundo idílico en el que a nadie avergonzaba mear o vomitar en una esquina, en el que corrían detrás y delante de la policía según el momento, porque en el fondo, sin reconocerlo, los poderes estaban de su parte. Pregonaban la libertad individual y se encargaban de proveer a la juventud de esos productos que la adocenaban, que los hacía felices, de esa única manera de serlo: olvidándolo todo. Esta juventud crecía reaccionaria, pensando de sí misma que era revolucionaria, hasta que despertaba en la adultez con miedo a que le quitaran su casa, su sueldo, su plan de pensiones. Así que votaban empujados por la cobardía y no la esperanza. Eso había ocurrido cientos de años. Los jóvenes crecían protestando entre botellones preparados por el poder y la historia, para luego sentarse dóciles en los escritorios de las oficinas, o en cualquier otro lugar reservado para sepultarlos con la idea maniqueísta de libertad individual.

Como consecuencia, la libertad se había convertido en la cúspide de la sociedad. Nada te impedía hacer lo que quisieras más que el dinero, pero para algo estaban las sustancias, las experiencias irreflexivas y externas unas detrás de otras, los lugares de fiesta, para igualar en la esquiva felicidad a las gentes libres. No importaba si plenas, no importaba si solas. El estado se había convertido en camello, para que nunca faltara el autoengaño. Los políticos hacían lo mismo a la vista de todo el mundo: se juntaban para mentirse los unos a los otros, para besarse, ensalzarse, moviéndose como pollos sin cabeza de un sitio a otro. No necesitaban el conocimiento, y menos aún el referente a sí mismos. No querían conocerse. Por eso las experiencias, llamadas al principio enriquecedoras y luego obligatorias, se habían apoderado del tiempo vacío y ocioso, como si este fuera malo, como si no sirviera para nada, con lo necesario que es para saberse, para enterarse del punto exacto en el que se encuentra nuestro cuerpo en el espacio y su trayectoria en el tiempo.

Su padre ensalzaba todo aquel pasado. Él no lo comprendía. Había crecido con otros ideales, pero sentía que por la forma de relatarlo debía tener razón. Haría por él lo posible para volver a esa antigua e idílica *pax* social. Había oído nombrarla como antigua normalidad. Las palabras van perdiendo su significado y se quedan a veces como reliquias, estatuas, ídolos tallados en madera sobre un altar, a las que se veneran con el sentido solo del sentimiento y del aprendizaje por impronta que produce seres exacerbados. La antigua normalidad era un pedestal, el cual nunca sostuvo una estatua.

Cuando llegó el golpe de Estado, les pilló desprevenidos e indefensos ante la no-violencia desenfrenada. Si alguna facción hubiera entrado con armas en el congreso se le hubiera intentando reprimir, o ante el fracaso habría habido una guerra, como la hubo hace siglos, la mal llamada guerra civil, donde el fascismo se apoderó por la fuerza del que intentaba ser un pueblo con derechos, un pueblo con esperanza en la prosperidad.

Los militares, alejados de las guerras hacía siglos, aburridos, preparados en todas las sapiencias humanistas que no interesaban ni hacían falta para ser libres según el concepto de libertad egoísta que se había instaurado, leídos, porque las bibliotecas se habían trasladado a los cuarteles cuando no se supo qué hacer con ellas, internet hacía tiempo que era controlado para que toda información fiable fuese disuelta como un azucarillo en café caliente. Nadie quería buscar los diferentes puntos de vista. Se contentaban con los oficiales, a veces artificialmente contrapuestos, sin razonamientos, sin relatividad de ideas. Las creencias con sus verdades absolutas eran más divertidas, entrañables y, sobre todo, felices, más libres como comunicaba insistentemente la gran frase que dominaba el estado pegada a la bandera y a los himnos: libertad individual ante todo. Que el estado solo sea necesario para esgrimir y erigir las grandes palabras, que solo se encargue de mantener el cerco, las fronteras lo más integras posibles; lo que pase dentro es otro cantar. Que no llamen al estado para solucionar desigualdades. Cada cual es responsable de lo que le sucede.

Los cuarteles habían llevado una deriva ideológica lejos de la ciudadanía, sobre todo de este pensamiento de nación. Al no necesitarse su fuerza para hacer patria, la gente estaba convencida totalmente en su individualidad, tanto personal como del terruño; cada cual el suyo, cerrado a cal y canto de los demás, con líneas infranqueables. Nadie sentía la necesidad de franquearlas. ¿Qué podían encontrar tras ellas? Más que a seres extraños, seguramente abyectos, con otras creencias y otras verdades. Se habían construido perfectamente los cimientos. Cada hijo de vecino era responsable de sus metros cuadrados, en los que pensaba hacer lo que le viniera en gana, manteniéndose en su redil, anestesiado, sublimado por su ración de pastillas regaladas gratuitamente por el gobierno, con sus hobbies inútiles, con sus relaciones endogámicas, con sus costumbres naftalina, creyéndose felices porque sonreían de cuando en cuando y nadie aparentemente les mandaba qué hacer.

Los militares, mientras tanto, alejados en sus cuarteles de la sociedad, se dedicaban a leer, a buscar el entendimiento, dirigiéndose a pasos cortos hacia donde ignoraban, y como toda persona letrada aumentando su sentimiento de desconocimiento, estudiando, investigando, observando, dándose cuenta de que lo que sabemos hoy mañana será cuestionado, que la sabiduría es un ser más de la naturaleza que evoluciona gracias a sus cualidades más notables: la curiosidad y la flexibilidad.

Pasaron siglos. Las mujeres y hombres del ejército al principio vivían en barracones como era preceptivo. Con el tiempo, fueron remodelados por ellos mismos en laboratorios, bibliotecas, talleres de ingeniería científica, que, gracias a un presupuesto abultado para comprar armas, heredado por la antigua idea de prepararse para los conflictos, y que no se usaron nunca más para este cometido —pues la Tierra se había terminado por construir por la xenofobia en países jaula sin peligro los unos para los otros mientras se mantuviera el *statu quo*—, se convirtieron en una fuerza peligrosa, fuente y mantenedora del saber, tan hercúlea que ningún político fue capaz de meterle mano. Esperanzado en que se mantuvieran en sus cuarteles o que el problema le explotase al siguiente en el puesto, o se diluyera con el tiempo, se mantuvieron, tal vez siglos, alejados de los aparatos de poder, olvidados por estos, olvidados por los dispensadores de drogas sociales, ninguneados, considerados locos, prófugos, apestados, antisistema.

Un buen día, quizás empujados por una anécdota que se ha perdido en esta historia, por un cabo o por un coronel, mujer u hombre, que decidió compartir una idea que se le había ocurrido con sus compañeros, y a estos les pareció tremenda, estratosférica, la mejor, ¿cómo no se les había pasado por la cabeza antes? Ese día salieron de los cuarteles, hartos de ver cómo el atontamiento al que el pueblo se creía adherido libremente había transformado la Tierra en un lugar inerte socialmente, troceado en fronteras cada vez más minúsculas e impermeables.

Los ejércitos, se decía, se pensaba, los historiadores lo aseguraban, se habían inventado a la par que las fronteras. Su principal cometido era intentar que no menguaran y, si pudiera ser, que se expandieran. Pero debía habérseles olvidado este origen. No eran descendientes directos de aquellos a los que se les atribuyen las guerras o los levantamientos en contra del pueblo, pues no salió ni una palabra sobre el territorio o la patria en el camino al centro del poder; dialogaban más bien sobre la falta de pensamiento crítico al que habían sido conducidos sus conciudadanos arrastrados por la palabra libertad.

Tomaron el parlamento con palabras amables, sin correr, cediendo el paso, pidiéndolo por favor, educadamente, aunque con firmeza y sin rodeos innecesarios. Cuando terminaron, nadie fue capaz de sacarlos de allí. Los políticos no disponían de argumentos complejos, elaborados. No los necesitaban. Se habían ganado al pueblo con simplezas maniqueístas. Se manejaban con cuatro palabras que traían aprendidas y afianzadas por un guion. Los militares los conminaron a abandonar sus escaños. Ninguno supo cómo refutar esta orden. No se sabían más palabras; debía haber más, en algo así como diccionarios, pero para ello debían usar el pensamiento, porque las palabras deben unirse en frases con una cierta coherencia. Pero el cerebro se hallaba aturdido, dormido, usado exclusivamente en cómo mantenerse sentado en un escaño bajo las órdenes de pensamiento de un partido.

De siempre, su mayor libertad había sido el derecho a no pensar. Sin pensamiento, aquello les sobrepasaba y no conocían cómo activarlo, y menos en tan poco tiempo. Salieron por las puertas tranquilamente, hablando de sus problemas cotidianos, creyendo que aquello no duraría. Tan iguales, tan inanes, volvieron a sus casas, a sus trabajos anteriores quien los había tenido, a su pobreza quien no, al no disponer de ninguna ayuda social, ningún subsidio de desempleo, nada de pensiones, nada de lugares que te cuidaran la salud sin un desembolso pecuniario por medio.

Se habían encargado de destruir lo social, quizá no por maldad, sino por pleitesía a los poderes verdaderos no votados en las urnas. Habían construido un mundo en el que cada cual debía guardarse su propio culo. Eran consecuentes: ellos lo habían hecho, sentándose en los mullidos sillones del congreso. Los militares, sin demasiadas algarabías, en pocos años, cambiaron este panorama mediocre.

Aun así, a la gente le costó admitir que los cambios dinamizaron su vida, incluso se sintieron reacios a votar obligados por sus propios razonamientos. Se había instaurado un proceso democrático en el que la gente votaba y debía justificar su decisión con argumentos, en el que se evaluaba al final de cada legislatura lo prometido con lo realizado, y no solamente a corto plazo. Los planes a futuro eran todavía más evaluados e incluso modificados en su trayectoria a partir del método científico.

Era verdad que les obligaban, y no solo metafóricamente, a pensar, a formarse, a informarse. Con el tiempo, los resultados fueron visibles: dejaron de guiarse por las creencias en grandes ideales y políticas. La mayoría se subió al carro, intentando que la sociedad en su conjunto avanzara implicándose como ciudadanía, con propuestas que eran evaluadas y cambiadas o modificadas según funcionaran o no. Se escuchaba a todo el mundo. Se recogían ideas y se sometían a su disección, como si de una hipótesis científica se tratara.

Su padre, en cambio, como muchos otros, se quejaba de la vuelta a lo social. No estaba de acuerdo en que todas las personas se merecieran lo mismo. Lo llamaban comunismo, insultándolo. Nadie había hablado de nombres ideológicos, sino de ideas que fuesen a favor de la mayoría. Nadie dijo que todas las personas se merecieran lo mismo, pero sí que se merecieran las mismas oportunidades para ser quienes quisieran, según también sus capacidades.

Él no había conocido otro mundo. El romanticismo usado por su padre en los años que precedieron a este régimen lo mantenía subyugado, aunque interiormente era una tormenta de duda. No podía decírselas a su padre, ni a nadie, ni fuera, ni dentro; se las guardaba. Era miembro de la resistencia. Le dolía. A la vez estaba orgulloso, a la vez adoraba el conocimiento, la propiocepción social, el sentirse parte de una sociedad en la que se intentaba que nadie se quedara atrás.

Los militares instauraron leyes. Estas exponían que la libertad individual no puede socavar la libertad social, que la equidad, la igualdad, el conocimiento son partes indisolubles del ciudadano o ciudadana, etcétera, etcétera. Y la que nos ocupa en este relato: promulgaron una ley de obligado cumplimiento. Todo ciudadano o ciudadana debía leer un número mínimo de libros, mejor decir, un mínimo de páginas al año. Se dispuso los lunes para que se volcaran a las redes informáticas los resúmenes de lo leído en esa semana y los razonamientos totalmente libres que cada lector, personalmente, le habían sugerido las lecturas. Había muy pocas exenciones a este deber, por ejemplo, la enfermedad.

La resistencia, entre otras cosas —aunque esta era de las más importantes—, traficaba con resúmenes y razonamientos muy difíciles de producir y mover, pues la máquina del Estado estaba muy engrasada. Y aunque no era cruel, sí pesada: si advertían que no entregabas un resumen hecho por ti, te vigilaban más de cerca, eras examinado con más detenimiento; en caso de reiteración, eras llevado a los retiros.

Él acarreaba bajo el brazo, en una carpeta, una colección de resúmenes y pensamientos encargados previamente en el mercado negro. Actuaba como enlace, aunque también era autor de muchos de ellos. Le gustaba leer y era la única forma de hacerlo sin que su padre sospechara. Ayudaba a la organización y además se sacaba un dinero. Una transacción redonda: conseguía llevar una doble vida, al menos interiormente, haciéndose amigo de su incoherencia, logrando no sentirse mal.

Pero esa mañana temprano aquel hilo que sostenía el equilibrio se rompió ante alguien tampoco importante, anodino, que apenas conocía.

Le dijo con voz tenue desde la oscuridad del descansillo:

—¡Toma, aquí lo tienes! El resumen de las primeras cien páginas de *Todos los nombres*, del escritor José Saramago.

El hombre era pequeño y enjuto, doblegado por la genética, aunque encopetado por la voluntad. Contestó:

—Menos mal que me lo has traído, el libro es infumable, cuánta tontería junta. No pude pasar de las veinte páginas, lo intenté, a veces lo intento por si acaso me estoy perdiendo algo que merezca la pena, pero no. A ver si este maldito régimen cae de una vez. Yo, por mí, lanzaría este y otros libros a la hoguera. Ojalá vuelva la libertad, añoro la normalidad perdida.

Le dijo:

—Te llevarían a los campos de lectura, a los retiros. Es por un tiempo, después volverías a tus quehaceres.

—Te parece poco. Yo prefiero perder el tiempo sin sufrir ni verlo a mi alrededor. Conozco a un amigo que se lo llevaron, no ha vuelto a ser el mismo.

—Yo lo he leído, he escrito el resumen. Es un gran libro. Todo lo que expongo en los resúmenes es lo que en realidad pienso.

—¡No quiero oírte! Que la próxima vez traiga otro el pedido.

El hombre cerró la puerta bruscamente, moviendo la cabeza, desaprobando lo que acababa de escuchar.

¿Qué le había empujado a sincerarse con un perfecto extraño? Si llegaba a oídos de la organización, ya nadie confiaría en él. Le tomarían por espía, como mínimo persona no fiable. Temía más la decepción de su padre. Había llevado bien, cree, hasta ese momento, aquella dicotomía. Solamente se les obligaba como ciudadanos a leer libros de temas y formas variopintas. Él lo hacía, y además cumplía con la organización. Creía que podría llevar las dos vidas adelante hasta justo ese momento en el que toda la visión del mundo se desbarajustó por una frase espontánea, dicha sin pensar. O quizá la estuviese rumiando días o años. Es un misterio la mente humana. La cuestión es que estaba dicha, y recorrería más rápidamente que él, pensando una explicación, toda la sociedad a la que pertenecía.

Qué mal se sentía. Ese artificial equilibrio se tambaleaba. Se había engañado tan bien. Le dolían, de repente, sus propias reflexiones. Lloraba, reía, recorría la calle trémulo, con los resúmenes sobresaliendo, a punto de caer. Había explotado sin darse cuenta, sin advertir el cataclismo que se estaba fraguando en las profundidades, borboteando como el magma de un volcán, preparándose para erupcionar en cuanto encontrase el resquicio.

Su construcción personal colapsaba, se desmoronaba, dejando un solar en el que nadie construyó cimientos. Admiraba a su padre sin haber llegado nunca a comprenderlo. Admirar quizá no sea la palabra; puede que lo tuviese allí arriba para mantenerlo lejos. A la recíproca era exactamente así: su padre mantenía las distancias, no se preocupaba por lo que él pensaba. Ambos tenían claro que llevaría sus pasos, en la organización como en la vida.

No conseguía verbalizar la retahíla de pensamientos; se enmarañaban en sentimientos punzantes. Resultaba muy difícil pensar cómo seguir. No debía haberse abierto a ese extraño. Pensó en volver y explicarse. Ya era tarde. A momentos sentía alivio, y a momentos se sentía culpable por no ahogarse en su propia pena. Ahora todos estarían hablando sobre alguien del que nunca esperaron una traición.

Los cimientos de la sociedad cuchicheaban su nombre sin ningún nombre, su rostro sin ningún rostro. Hablaban de un ser equidistante que se arrastraba por los arrabales, de su vacío, de su inherente vacuidad. Es casi, o imposible, no pertenecer a un grupo, no ser de nadie, no sentirse arropado por tal o cual creencia, sea la de un país, la de una religión, la de un género, la de una ideología, la de una generación, la de un *hobby*, la de una profesión, la de una edad.

Quizás no pertenecer sea la verdadera libertad, pero es tan destructivo, tan lejano, tan semejante a la nada, tan difícil de gestionar. Estamos tan mal construidos para la soledad, que tal vez perseguir esa a la que se llama la verdadera libertad no sea una buena idea. Sin embargo, la hemos subido a un pedestal, y me temo que la seguiremos manteniendo allí subida.

Su Ningunombre debía estar en boca de la resistencia. No existía un camino de escape. Los militares, el régimen autoritario del conocimiento, de la ciencia, del pensamiento lo comprenderían, lo acogerían. ¿Era lo que quería?

El camino a casa se hacía largo. La calle rompía la monotonía de su interior con aquellas luces cambiantes del edificio antiguo de correos, revestido de cristales iridiscentes, entorpeciendo la visión neoclásica del frontal. El asfalto bailaba al son del tintineo que producían en el suelo los colores.

Se sentó un momento entre las notas musicales, sobre un banco cubierto de rojizos que le recordaban alguna canción que le cantaba su madre de niño. La echaba de menos. La había alejado del pensamiento tantos años. Ahora, contemplando los verdes esmeralda delante suyo, escuchaba su voz blanca, con aleteos de mariposa al terminar las frases.

Su padre lo convenció de que los había dejado porque era mala madre. Los pocos recuerdos que conserva le dicen todo lo contrario, aunque los mantiene apartados de la realidad para evitar el dolor. Solo son para los sueños.

Los colores exactos que convierten al banco en el abrigo que llevaba su madre el día que se fue. Su sinestesia le produce a veces estas desorientaciones. Es una peculiaridad que, como el cabello lacio, va con él a donde vaya, igual que su Ningunombre. Cuando se desborda, y sobre todo toca sentimientos tan profundos y dolorosos, es como si se hundiera en una bañera de agua helada. No basta con un escalofrío, no basta con un grito: le atraviesa la rigidez.

A estas alturas su padre lo estará esperando en casa para hablar con él. Los resúmenes que debía haber entregado siguen en la carpeta. Los militares mañana se acercarán a los domicilios a los que no ha llevado esos papeles. Se habrá activado una alarma en el sistema. No les pasará nada malo, aunque ellos tienen esa percepción. Leer es una obligación, como pagar impuestos o vigilar que los poderes cumplan con su cometido al servicio del pueblo. Pero además es un intento para que la gente piense por sí misma y no se deje llevar por las corrientes y creencias que han invadido la historia.

A los más reacios o los reincidentes se los llevarán a los retiros: unos lugares de calma, fuera del trabajo, de las obligaciones diarias, donde se les obligará a hacer yoga, a leer libros no muy complicados y amenos para intentar inculcarles el placer por la lectura, a componer un pensamiento crítico y constructivo. Limpiarán sus cuartos meticulosamente; cuando les toque hacer de comer lo harán, o contribuirán con su trabajo en la lavandería, o en los múltiples servicios de mantenimiento, o en el muy ínclito taller de restauración y conservación de libros. Este es el más alto honor dentro de los retiros: los que entran en este taller, al salir reinsertados a la calle, se los rifarán.

Incluso muchos se han hecho famosos, a nivel de disfrazarse para ir a comprar el pan, o han terminado sentándose gracias al voto en un banco del Parlamento simplemente por haber devuelto a la vida un tomo del siglo XVIII y luego haber realizado copias a mano que se han distribuido gratuitamente.

También saldrán al patio, que es un pequeño parque. Además de la obligación de leer, instauraron en otra ley fundamental de la constitución el mantener y empoderar la flora y fauna autóctonas. Los seres humanos somos un bichito o un bicharraco si nos estimamos en conjunto sobre la tierra: no nos pertenece, sino al contrario. Y cada cual, donde esté, la debe al menos no perjudicar, y si puede y es capaz, mejorar.

La armonía con el medio ambiente es indispensable y completamente obligatoria en este nuevo régimen. Así que se dedican al menos unos minutos al día a observar las plantas y los animales que en los jardines habitan, con instructores eruditos en diversas materias de zoología, biología...

Él se pregunta constantemente en qué momento les parece mal todas esas obligaciones. Está lejos de su visión anticuada de libertad. ¿Y qué? ¿No es más importante que la gente esté bien que el romanticismo de una época que desapareció? Que la tierra mantenga un equilibrio propicio también para nosotros que la habitamos. Que nunca más nos dejemos llevar por los cantos mentirosos de los nacionalismos o de las múltiples xenofobias, siempre instándonos a caminos de lucha: los xenófobos de un lado contra los xenófobos del otro, y el pueblo en medio tomando idiotamente partido por un bando o por otro, sin cuestionar que ninguno tiene la razón por algo incuestionable: la razón no existe.

Lo único de lo que disponemos es la vida y el derecho a vivirla con la mayor tranquilidad o felicidad posible. No se ha atrevido nunca a cuestionar a su padre, aunque tenga estos pensamientos. Y lo ha hecho, cree, en el momento y la forma más inoportuna, ante la gente, ante una persona que apenas conoce. Lo habrá visitado tres o cuatro veces y no cruzaron más palabras que las imprescindibles.

Cuchichearán: «Un buen amigo» se le habrá acercado a advertirle que la gente habla. «No sé si será verdad, pero tu hijo ha expresado que no es tan malo leer», además añadirá frases y acciones que no han sucedido y que han sido agregadas por cada boca y cada oreja por la que ha pasado el rumor.

Siente náuseas, se agarra el estómago, le da vueltas la cabeza, no sabe si podrá afrontarlo. Es demasiado. No sabe si dejar esa calle. Le abandonaron las fuerzas y no quiere la oscuridad o la luz amarilla o blanca común a todos los lugares. Se siente arropado por las iridiscencias naranjas.

Recuerda el sabor del mango, la fruta más apegada a las meriendas. Su madre se la troceaba y se la dejaba sobre un plato; mientras veía la televisión se la tragaba sin rechistar. No poder volver en el tiempo como si fuese espacio es tan extraño.

Algo falla en esta peregrina creación del universo, o las personas aún no han comprendido del todo. Y que encima la naturaleza nos haya otorgado la desgracia del recuerdo... La memoria es necesaria para sobrevivir, pero intrínsecamente guarda múltiples efectos secundarios que se despliegan como un abanico.

Los animales y plantas recuerdan, pero la mayoría —a excepción de animales considerados como superiores— recuerdan exclusivamente lo necesario para sobrevivir. Descartan inteligentemente la añoranza o el deseo imposible de regresar a los momentos felices.

Su madre está escondida en algún recoveco. No sabe si es ella, si es su voz, si es su rostro, su olor. A veces la ha presentido: una colonia, un pelo recién lavado... Se ha realizado el prodigio. En un vagón del metro, entonces la ha visto, ha escuchado sus palabras en un tono áspero, una visión que lo ha dejado trastornado, expectante, feliz, al menos durante un instante. Luego ella se ha desvanecido para esconderse en la nebulosa donde habita.

La calle se retuerce, es sinuosa, pero hoy las curvas son nudos, no esquinas donde la ansiedad se agita. Aquella cantinela del vendedor de cupones, un hombre con gran sentido del humor, ameniza un lugar sombrío por la presencia de un banco con columnas de mármol oscurecido, la lividez de los transeúntes, la casi ausencia de automóviles, debido a otra de las leyes inscritas en la

Constitución. Y es que el documento que se firmó después del golpe de Estado por los militares es de obligado cumplimiento: es Constitución, es ley, y es obligación, no como las que decían llamarse constituciones en el pasado. Esta ley dice que las personas tendrán derecho a disponer de un transporte público efectivo, resolutivo y asequible, además de la facilidad para desplazarse andando con seguridad o en otro medio no motorizado de un lugar a otro, de un pueblo a otro, de un país a otro, etc.

Su padre debe estar esperándolo. Su casa está al final de esta calle con aspecto de serpiente. No sabe cómo enfrentarse a la retahíla de argumentos con base en el sentimiento y la creencia que van a caer sobre él. Si se rebaja a los gritos, a la culpa, a ir contra la añoranza de épocas que no conoció, perderá la batalla. Él sabe que no existe la verdad, algo que le ha producido muchas veces desorientación y desarraigo, pero no consigue afrontar la vida en sociedad de otro modo. ¿Y callarse? Esa debería ser la mejor opción: escuchar, no con el rabo entre las piernas, altivo pero sin contraatacar con explicaciones, y luego marcharse. Eso debería hacer si es capaz. No puede seguir con ellos, no quiere siquiera ver a su padre. No le dejarán irse tan fácil, conoce los entresijos de la organización, podría delatarlos. No lo hará, aunque tendría que planteárselo. Los respetará aunque piense que sería bueno para ellos; así les obligaría a conocer otro punto de vista. Ellos lo atacarán, su padre tampoco lo defenderá. Sus ideas están por encima de un supuesto cariño paternal. Él debería ser mejor. No las tiene todas consigo, quizá salte, grite también, se ponga en el otro extremo y tense la cuerda.

Ha sido un niño bueno mientras ha conseguido llevar una doble vida. Le permitía no deshacerse del pasado. Era una mentira.

Su madre había desaparecido. Ella debía ser como él, por eso no aguantó a su padre. La venda ha caído, es una muy buena explicación. No ha sido feliz desde que ella se marchó, o tuvo que irse. Tendría miedo como ahora él, o mucho más. Mirando a los pisos de arriba, a las luces que se empiezan a encender ya, ve su hogar oprimido, los ojos de su madre despidiéndose, y luego un beso y un abrazo largo y profundo. No lo comprendió entonces. Ha crecido creyendo, debido a explicaciones de su padre, que su madre no lo quería. Entonces, ¿a qué vino ese abrazo de quien no tiene más remedio que huir? ¿Y si no fuese a su casa? ¿Y si buscase el refugio de su madre? Si fuese a por explicaciones… No sabe en qué lugar buscarla, siquiera si vive todavía. Seguro que sí. Era fuerte. Alguien que sonríe tanto no parece que pueda morir.

Su rictus cambiaba en presencia de su padre. A su padre le molestaba, le molesta que las personas estén tranquilas, se enerva. Comentaba, comenta en voz alta o baja según las circunstancias: tenemos una gente gobernando terrible, hasta que no nos destruyan no acabarán, rompieron la normalidad, lo que siempre fue, la tradición, la familia, la religión, el orden jerárquico de los géneros. Esos malditos militares nos trajeron este engendro que no deja nada para la libertad, una democracia que ellos llaman verdadera. Es la dictadura del buenismo. No deberíamos sonreír ante estas circunstancias; la risa es mala porque parece que les damos la razón.

Allí está. Piensa que debe ser un espejismo por el estado de ansiedad en el que se encuentra: su madre, apoyada en la parte de atrás del quiosco de churros, a estas horas cerrado. No ha cambiado nada, hasta le parece más alta que él. Lo espera, le sonríe, o sonreía antes de verlo. Se va acercando. El tiempo que ha pasado se añade a su rostro y a su figura a cada paso. Las arrugas perfilan una expresión todavía más amable y reposada. Sigue siendo alta, aunque él ya la ha sobrepasado, no por mucho. Él mide un metro ochenta y cinco. No sabe qué decir. ¿Y si se está equivocando? ¿Y si no es ella? ¿Y si fuese el deseo, el miedo a su padre, la ansiedad, o que se haya caído y dado un golpe en la cabeza y ahora lo estén llevando en ambulancia, sedado al hospital? ¿O un sueño? Este día al completo forme parte de un sueño que ha empezado en pesadilla, luego se ha arrepentido de haberle producido tanto sufrimiento y quiere despertarlo con bienestar.

Está delante de ella. Va a preguntarle y se le abalanza abrazándolo. Le dice:

—Estoy aquí, me he enterado de lo que ha ocurrido. No eres como tu padre. Soy feliz, incluso aunque no me aceptes, aunque reniegues de tu madre. Estás en tu derecho. Sabía que trabajabas con él, pensaba que te había arrastrado sin remedio a sus ideas, a su rancia individualidad. Soy feliz.

Él no era capaz de articular palabra. La besó, se acurrucó en su regazo como el niño pequeño que aún llevaba dentro y que había necesitado tanto su comprensión y su abrazo.

—¿Dónde has estado? —consiguió decir.

—Viviendo lejos de la violencia, dándome una oportunidad, arrepintiéndome cada mañana de haberte abandonado. Pero pasó tanto tiempo hasta que me recompuse… Pensaba que te habrías convertido en monstruo como tu padre. No me atrevía a acercarme.

—Yo también sentía que era como él. Llevaba en secreto, incluso para mí, la discrepancia. La desorientación la achacaba a alguna tara de mi personalidad. Daba igual mis acciones si eran las que mi padre esperaba. Y como no hablábamos… Él es un ser monólogo. Mi impresión era que su voz era la voz de mi pensamiento. Hasta hoy. No he podido más. Me he atrevido, por un arrebato, a darme cuenta de que los cambios fueron buenos, que llevamos un camino aceptable. Ninguno llega a ser perfecto, por tanto se pueden mejorar. El conocimiento nos otorga la capacidad de criticar conscientemente, no solamente ir en contra, sino proponer alternativas. Hoy, esta calle, las luces que se reflejan en el edificio, tú aquí… ¿Qué he estado haciendo?

—Seguramente buscándote. Es un buen quehacer.

—Estamos juntos, no me lo puedo creer. Apenas recordaba cómo eras, y en seguida te he reconocido. Qué raras somos las personas, ¿verdad? Nos cuestan los cambios, hasta los buenos.

—Es así. Yo estuve aguantando a tu padre por miedo a irme, básicamente, a estar sola. ¿Tiene algún sentido? Pero en seguida advertí el acierto de haber escapado. Entendí que no soy tan rara ni monstruo como creía. Existen muchas mujeres que han pasado y se han sentido como yo, sin ningún nombre, maltratadas por pertenecer a un género. Masas de mujeres a las que alguien dijo que éramos iguales y debíamos, por tanto, permanecer en el mismo lugar psíquico. Y no era así. Ahora me resulta obvio. Somos muchas, y cada una es ella. Yo soy yo. Y ellos, tú, vosotros, también deberíais saberlo: no sois uno, ni masa. Cada persona debería pasar la vida buscándose para intentar, al menos, encontrarse con los demás en plena y verdadera libertad y paridad. El observar el mundo en binario genera muchos problemas.

—Tienes razón. Tenemos un nombre y parece que no lo tuviésemos. Somos un número, y si al menos fuese nuestro… Se usa para contarnos. Ni siquiera es personal. ¿Encontrarte es buscar la individualidad?

—Por mi experiencia es lo contrario. Encontrarte es buscar tu lugar en el otro, en los otros, en la sociedad, en lo que puedes hacer por mejorarla desde tu yo más personal. La libertad acaba cuando perjudicas a la sociedad en su conjunto. El Estado debe proteger de los abusos del poder del mercado, de los violentos y egoístas, o, por ejemplo, de ser infectados por un virus…

—Tienes razón. ¿Has leído… aquella epidemia? No se puede aprender de la historia, de lo que ha ocurrido, y luego mirar para otro lado. Los egoístas que están arriba saben muy bien lo que están haciendo.

—Arrastrar a las masas ignorantes.

—Me gusta muchísimo que sea obligatorio saber de los máximos temas posibles. Padre me decía que en vuestra época se tendía a la especialización, ¿y no es eso ponerse orejeras?

—Qué alegría. Dejemos de hablar de él. Esta mañana me he acordado de ti, preguntándome cómo te iría. No pasa un día sin hacerlo. Cuando me ha llegado la noticia, no podía esperar y he hecho bien. Otra cosa en la que he acertado. Vente, no te despidas, déjalo atrás. Quizás el ejército esté llevándoselo ya a los campos de lectura. Yo no tengo ninguna esperanza en que cambie. Si lo hace, me alegraré también por él; así no seguirá produciendo más mal a su alrededor. Cuantos menos existan como él, más podremos comenzar a pensar en el futuro, en el conocimiento, en la mejora en todas las áreas de la vida. Menos miedo a volver atrás, a ser cubiertos por la oscuridad como tantas veces la historia nos enseña. ¿Qué llevas bajo el brazo?

—Resúmenes. A eso me he dedicado: al contrabando. Lleva-ba una doble vida. Yo hacía los resúmenes. Como contrapartida gustosa debía leer muchos libros. He disfrutado, aunque el fin fuese perverso.

—¿Qué libro es?

—*Todos los nombres*, de Saramago. Va de don José, escribiente del registro civil, que se convierte en algo parecido a un dios, deshaciendo y rehaciendo nacimientos y muertes por una buena causa, sin ánimo de ser omnisciente.

—No lo he leído. Es una casualidad irónica ese título…

—Es verdad, lo había pensado. Mi nombre también es un nombre que estará inscrito en el registro civil.

—Fui yo quien decidió ponértelo. Me parecía apropiado para vivir en esta sociedad, en la que los padres y madres llaman a sus hijos mío, mi hijo, mi mujer, mi marido, mi coche, mi casa. Tu padre sé que siempre te ha llamado por «tú», «él», «mío», «mi». Yo seguiré siendo suya en su imaginación. No admite que nadie le diga lo que tiene que hacer cuando sabe que es mentira. Pertenece a una organización con unas creencias que pueden ser cualquier cosa, menos libres.

—Qué fácil está cambiando mi vida.

—No es fácil, lo parece. Se necesitó mucha lucha, no lo olvides. Estate atento. Ninguna mejora llegó con marchamo de eternidad.

Llamada de auxilio

Los sueños son irreales, al menos eso nos asegura nuestro entendimiento parcial del mundo, pero no lo sabremos hasta que no despertemos. La imaginación es la principal fábrica de paradojas, nos atrapa entre sus entresijos. Para lo bueno y lo terrible, el universo es un caos posiblemente predecible si conociéramos todas sus infinitas variables.

Estoy andando por la calle como una mujer de este tiempo convulso, en el que muchas libertades han cambiado y los peligros son los mismos con diferentes envoltorios. Llevo a mis espaldas el miedo y el síndrome de la impostora. Aparentemente nadie me obliga en mi vestimenta y en mi manera de comportarme, y esta mañana, creyendo que era yo la que dudaba, pregunté a los miles de ojos que me mirarán hoy, entre ellos los de otras mujeres. Yo también miro y decido mi opinión según aquello que me fueron introduciendo disuelto desde el primer biberón, que sé que era rosa. Mi madre aún lo conserva, junto con otros adminículos de mi tierna infancia, en una caja de cartón en el altillo del armario empotrado.

Mi existencia debe ser un sueño, por lo tanto la consideraría como no real, aunque para saber si estoy en lo cierto debería despertarme. Si estuviese errada no lo lograría saber nunca, no se producirá el despertar anunciado. Además, cabe la posibilidad de que el sueño se prolongue tanto, o que el tiempo se mida diferente en los dos planos, que una pequeña siesta en la vida real pueda equivaler a una vida entera en este otro mundo en el que supuestamente me hayo.

La pregunta la respondo como afirmativa. Tengo derecho a explicarlo como más me guste: duermo, dormimos. Lo que veo, oigo, huelo, toco, no es real. Es imposible que esta vida sea como yo la veo sin pasarla por los filtros del autoconvencimiento que nos inculca la sociedad. Aunque, contradiciéndome, por otra parte habría sido imposible imaginarla tal cual es, hasta su última partícula de inconsistencia, su último tornillo que lo une al escenario. Así que podría tratarse de otro estado de la conciencia del que nadie aún ha hablado.

Siguiendo con la forma de cómo me siento hoy, aturdida, sin ganas de luchar, sin fuerzas para afrontar esas miradas, las frases que casi siempre escucho impertérrita e incluso sonriendo. ¿Me estaré imaginando saludar a una amiga desde lejos? Le grito: tengo prisa, esta tarde te llamo y hablamos. Es mentira, luego se me olvidará adrede, pero son esos convencionalismos, nos obligan a mentir y a la otra persona, sabiéndolo, a seguir con la farsa. Un día hablaremos, cuando no tengamos más remedio que hacerlo, o expondremos nuestros monólogos. Es una relación de ese tipo.

La conocí en el mismo trabajo al que debo entrar en media hora. A ella la echaron cuando se quedó embarazada. Me llamó, nos tomamos un café. Lloraba sin parar, me dijo que se encontraba sola, abandonada. Sé que le ha mejorado la vida, al menos en el sentido económico; le he visto buen semblante, no ha debido torcérsele. Yo la consolé cuanto pude, le dije que deberíamos denunciarlo. No quiso, no me dio más explicaciones. Me usó para desahogarse, no conseguí convencerle. Luego supe el porqué.

El niño tendrá ya cinco años. Cómo pasa el tiempo. El hijo es del jefe, el más capullo de la empresa. Somos tontas o queremos hacérnoslo. Nos conducen a la infantilidad y de repente debemos ser las únicas adultas del mundo. Dejó a su mujer unos meses después y se fue a vivir con ella. La echó del trabajo por el qué dirán. Tuvo que elegir: su trabajo o ser madre. No sé si ni siquiera eligió. Me horripila la situación. Ojalá le vaya todo bien; por su apariencia podríamos decir que sí. Temió que en ese momento tan vulnerable yo la juzgara, necesitaba un paño de lágrimas. No me enfada, yo la consolé como era mi obligación y eché pestes sobre la empresa y el director. Ella debía encontrarse de verdad mal, eso es lo importante.

Todos nos mentimos y luego nos dejamos llevar por las circunstancias. ¿A qué vienen los remordimientos? Ella no lo hizo por maldad, sino por vulnerabilidad. Pero la compadezco, aunque no me guste el sentimiento. Me hace parecer engreída, me eleva sobre ella. Aun así, la compadezco.

Son los convencionalismos y las normas sociales. El que sobre nosotras se lance la responsabilidad categórica de la maternidad solamente por ser parideras es terrorífico y a la vez evitable. Pero son millones o miles de años desde que a alguien se le ocurrió que nosotras seríamos esclavas y siervas de nuestros hijos e hijas por haberlos llevado nueve meses en el vientre.

Yo tuve dos madres. No eran dos mujeres, como todo el mundo cree cuando lo expreso así. Mi madre es un hombre, y la madre que me parió, lógicamente, una mujer. A la hora de cuidarme lo hicieron con amor, paciencia, firmeza, perseverancia, normas bien delimitadas. Ninguna renunció más a su trabajo que la otra, ni en casa advertí diferencias de género más allá de las biológicas. Yo siempre las sentí como dos madres y me encanta recordarlo así. Quizá exagere desde mi interior, que tuvo la sensación de niñez materna, mitificándolo, y no fue tan idílico. Se lo he dicho a ellas y les hace gracia sin más. No están totalmente de acuerdo, pero me dijeron que aceptaban mi punto de vista, les parecía plausible. Mi madre hombre no se enfadó, como es natural en él; me abrazó y se le humedecieron los ojos, lo tomó y lo sintió como un cumplido.

Ninguna de las dos se ajustaba a los roles aceptados, así que se les puede dar el nombre que se le quiera, como cuando se descubre una estrella.

Atarse a un mastuerzo debe ser liberador por el lado de la seguridad, al menos a priori. Te han inculcado que sola no eres nadie, no te encuentras entera, y te conformas con el primero, el segundo, el tercero, según lo exigente que seas, que te hace caso, o tú crees que te hace caso. Dejamos el futuro de una sola vida a la suerte de acertar con el mastuerzo menos malo. Es terrible. Algunas entran en el infierno directamente, por no comprender que mejor solas, incluso indigentes.

Mejor como yo, aunque me miren desde arriba. Yo me río de su condescendencia. Eso no quita que me asalte, cuando menos lo espero, el complejo de impostora, de no estar haciendo lo que debiera. Tengo temor a quedarme sola, ¿no lo estamos todas? Pero como nos insisten tanto, a veces me entran las dudas. Sin embargo, yo me doy fuerzas con este pensamiento que repito como un mantra: todas nacemos y morimos en la más absoluta soledad. Luego me arengo, sonrío. Soy bastante libre dentro de lo que cabe. Me enorgullezco de ser autónoma, lo que conlleva el efecto secundario de la soledad.

Quizá me critiquen a mis espaldas, sin quizá. Pero como no lo hacen de frente, me importa un bledo. Nadie va a vivir mi vida por mí. Si es un sueño, nadie se despertará en mi cama, ni dentro de mis sensaciones en la mañana en la que se me pegarán las sábanas por no querer reconciliarme con el amanecer. Ni retozará con el tiempo extra mientras el sol también remolonea, mandando sus rayos anaranjados antes de atreverse a salir de nuevo. Nadie sabrá cómo camino hacia el trabajo ya despierta, ni cómo vivo una vida real o sueño, o lo que sea. Nadie la vivirá por mí.

Me encuentro en mi mundo, dentro de estos pensamientos disfuncionales, como yo los llamo. Qué difíciles son de transmitir. Si supiese escribir, le daría vueltas a las palabras hasta que alguien me comprendiera. A veces me preguntan y les digo que no pienso nada. Cómo traducir en palabras aquello que se parece más al tiempo meteorológico, a una tormenta, al caos de tamos en una tolvanera. Se me ocurren únicamente metáforas sobre el desorden.

Podría dar la impresión de persona con un mundo interior caótico. No es así, yo soy bastante tranquila. No tiene nada que ver. También a veces mi pensamiento es plácido aparentemente. Veo ante mí una pintura, por ejemplo de Velázquez, y se detienen las ideas junto a mi mirada y solamente siento. Me gusta disfrutar también de los paisajes; es la única manera de convertir las ideas en un mar sin mar de fondo, alinearlos con lo que observo para digerirlos, pararme en la infinitud de la belleza, en la envidia del virtuosismo, en que no seré capaz nunca de producir algo tan excelso.

Entonces esa destrucción, ese golpe duro, como de un puño en el pecho, me despierta y me convierte en vida. Solamente existe una razón para vivir: es mi obligación, como la de cualquier ser vivo. La obligación es una sacudida. La necesito. Pienso que todas las necesitamos. Sin ella nos perdemos en los segundos que desaparecen en la nada.

Una vez encaminado el sentido, me reconvierto en alguien que puede parecer normal y que no está preparada para la monotonía, que necesita un apocalipsis para mantenerse cuerda.

Me cunde andar pensando en lo estruendoso de un problema que se extiende por el mundo. La gente aún tiene miedo de la gente, pero pronto pasará, y nos acercaremos, a veces demasiado, y se nos olvidará, y no habremos aprendido, y la historia se repetirá. Estoy ya enfrente del trabajo, colocándome la mascarilla. La pandemia está a punto de terminar, o eso esperamos. Todavía no es fácil desbaratar un hábito que a mí al menos me gusta: alejarme lo suficiente de las personas para observarlas, sin escuchar los alaridos de las conversaciones que se usan para tapar el vacío existencial. La gente grita y grita, suelta lo que tiene que decir, que generalmente es una repetición de algo que acaba de escuchar sin macerar. Somos cotorras que, subidas a nuestro árbol, saltamos con un eco corpóreo desligándonos de nuestros deseos, quemándonos en la pira colectiva del alboroto para no pensar. Hoy me siento peor que días atrás. Ahí está la entrada fantasmal; traspasarla me produce ansiedad. Lo hago de lunes a viernes, todas las mañanas. Más allá se encuentra el portón lisérgico de *Alicia en el país de las maravillas*. Elijo siempre la misma puerta de la sala de las puertas y tomo siempre de la misma botella. Me espera como una droga amiga. No sé si lo hago conscientemente. Es preceptivo que las mujeres mengüemos en nuestras aspiraciones para conseguir entrar en el mercado laboral; es una más de las verdades que me rondan la cabeza. Las lecturas producen marmolados de realidad o de sueños. El caso es que hoy estoy peor; no logro encauzar la mirada hacia el lugar donde me aseguraron que siempre se encuentran las no explicaciones, los no caminos.

Allí está la mesa con el brebaje. Lo veo claro. Tal vez mi cerebro ha decidido que, a partir de hoy, sí seré consciente y pediré ayuda. Pondré de mi parte para encontrar el camino a la realidad, si esta existe. En una pequeña plaza en el patio de la fábrica, con columnas, hay un velador de caoba; sobre él, varios frascos conteniendo bebidas y pasteles pequeños de diferentes sabores. Bebo del frasco que dice «bébeme». Decrezco, con todo el significado introspectivo de esta palabra. Me desnudo de autoestima y paso por la puerta que dice «atraviésame». Todo transcurre según el guion previsto, nada nuevo, salvo la claridad con la que lo afronto. Entro y los cipreses que jalonan el pequeño patio vestíbulo hasta la entrada parecen reírse desde las alturas.

La mesa en la que me coloco está justo en la esquina desde la que se divisan los talleres. Somos varias mujeres las que nos encargamos de la contabilidad y la burocracia. Se fabrica maquinaria pesada. Nunca podría subir a la silla, ¿y para qué serviría? Tendría luego que alcanzar la mesa. Por eso comienzo a buscar una manera para llegar a la mesa directamente. De pie sobre ella revisaré los papeles y haré las comprobaciones necesarias. Siempre me llegan con errores, sobrecostes que tengo que cuadrar como sea, dinero que se pierde, salta de manos negras a manos negras, transportado por un tren de lenguas oscurecidas a causa de dar lametazos con sus genuflexiones previas. Un submundo de gente asquerosa que, al parecer, forma parte del entramado que mantiene nuestro mundo imaginario en pie. Y no nos importa, es el que habitamos, por el que luchamos y que generalmente no queremos que cambie, pues lo sentimos como tradición. Son órdenes, y a ellas debo atenerme si quiero seguir en mi puesto de trabajo. Y aunque nadie me lo dijo abiertamente, si quiero conservar mi vida, tengo que llegar. Todos los días lo consigo, a pesar de las dificultades. No puede ser esta mayor que las demás, aunque sea la más real con la que me he enfrentado. No puede ser la realidad peor que la imaginación colectiva, la dictada por la sociedad.

Me desplazo por la sala. Me doy cuenta de que la pared de ladrillos vistos es asequible para una mujer de mi tamaño. No fueron construidos con mucho mimo y sobresalen irregularmente; los podría usar como escalera. Practiqué la escalada, aunque hace mucho. Debería servirme de algo. Estoy enfrascada en la ascensión. Escucho a las demás mujeres sortear sus propios obstáculos. Muchos compartidos con las demás, los menos son individuales, pero hay que dejar que cada una se crea única para poder aislarla con más facilidad. El ruido del taller se filtra por los cristales supuestamente insonorizados. No consiguen mitigar completamente el golpe del hierro contra el hierro. Me sirve de ritmo, es la banda sonora de una ascensión épica. Me está gustando la realidad. Por fin consigo encontrarme como son las cosas. El romanticismo me ha estado colocando lodo bajo mis pies, suelo blando de falsas apariencias, de sueños inventados, no ya por otras, sino por otros, para mantenernos tontas y serviles. Necesitar a un hombre para estar completa, que se hinque de rodillas con una parafernalia de cuento infantil para darte el anillo, la primera argolla con la que enlazarte a la mazmorra de tu propia inclinación a sentirte obligada a que él esté feliz a tu lado.

La realidad al menos se la afronta con todas las inseguridades necesarias, porque ese ladrillo quizá no sobresalga lo suficiente para que mi pie no resbale. Debo observar antes de separar la mano de un agarre para no equivocarme. Sería una caída terrible. No sé si mediré cinco centímetros. Estaré a un metro de altura, sin red, con un suelo gris de losas pulidas por el tiempo esperándome. Me embriaga el deseo y las fuerzas y el miedo, y el ruido de fraguas infernales. Conforme me acerco, la ansiedad se va apoderando de mí. No me comprendo. Ahora que veo con claridad y sé lo que me produce entrar aquí, ¿por qué no he huido? Una fuerza superior me está dando fuerzas y alegría. Ya no es un sueño. Soy yo y quiero hacer lo mismo que todos los días, pero posicionándome de frente. Intentar que los demás me vean así, de este tamaño. En el mundo imaginario nos adaptamos al contexto. En la imaginación caben religiones, ideales, patrias, la sociedad con su impertinente «no» por respuesta, susurros de alguien que te recrimina tu peso frente al espejo, que se ríe de tus arrugas, de tu pelo poco cuidado, de las uñas comidas, que te pregunta si es que no duermes, te ve ojeras de más. Sin embargo, para el real nadie nos ha preparado. Todos esos complejos, las voces de los demás no existen, aunque por algún motivo parecemos necesitarlas.

Me encuentro a la altura de la mesa. Me balanceo, me agarro con la mano derecha, después con la izquierda. Suelto los pies del sustento dando un pequeño salto, levanto a pulso mi cuerpo. Paseo sobre los papeles. ¿Habrá sido una mala idea? No conseguiría levantar ni aquel pequeño lápiz gastado por el sacapuntas. Diviso la fábrica, me siento a pensar. Casi nunca he observado lo que ocurría dentro. Es esperpéntica, grosera, inhumana, violenta. Tubos de metal chocan entre sí para doblar planchas y darles formas diversas. Los hombres me parecen pequeños, ridículamente pequeños, embutidos en uniformes de botas sobredimensionadas, con escafandras para pasear por la luna. Miran desde cristales ahumados. Doy un giro sobre mí misma. Se me ha ocurrido algo. Hay un rotulador abierto. Apoyo los zapatos en la punta húmeda. Comienzo a pintar la mesa andando sobre ella. Toco con las manos y ayudo a completar la obra a cuatro patas. Me la imagino a vista de pájaro. Intento comunicarme con pictogramas, por si una civilización que nos divise desde arriba escuchara mis plegarias.

Sacadme de aquí, les pido. Llevadme a vuestro mundo. Nadie parece contestar. La realidad no es demasiado clara en estos aspectos. Lo que ocurre, ocurre, y no se presta a interpretaciones. Es dura. No me extraña que nos escondamos. El deseo comienza con la mirada. La realidad nos llega después, cerrando los ojos para ver con otras partes del cuerpo: sentir, besar, tocarnos con la boca palmo a palmo. Los cuerpos se hicieron para friccionarse entre sí, no para embutirse ni ser escondidos tras la ropa, ermitaños, ni ser lugares prohibidos, ni sitios escondidos. Luego viene el consumo, el compartirlos a cambio de algo, de dinero, de compañía, de promesas… No consigo desear en este mundo real porque me encuentro sola y la ayuda no aparece.

Camino lateralmente, con las suelas de los zapatos llenas de tinta. Intento dejar un marco ancho a lo que he dejado dibujado sobre la mesa. Lo englobo varias veces, trenzando imaginariamente los trazos, al menos es lo que pretendo: un trampantojo en el que se comprenda un estado vital. Debo bajar ya, no tengo más que hacer aquí. Quedará una media hora para que grite la sirena de salida. Me da más pánico aún que ascender. La mesa es muy alta. Las demás mesas conforman un bosque de patas de metal que se entremezclan con piernas de mujeres. No distingo unas de otras. Quizá mi miopía esté galopando o sea consecuencia de mi estatura. Los cables de los ordenadores, de las lámparas, se enmarañan sin un sentido. Me desconciertan. Es un lugar horrendo, en el que la estética se deja para los documentos firmados y mostrados oficialmente. Es una fábrica de ocultar, oculta en la trastienda. Los golpes prosiguen, las láminas de metal se doblan y se conforman en piezas. No sé si estoy orgullosa de haber plasmado mi realidad sobre la mesa. Alguien la verá, es lo que pretendo, y mandará borrarla a una limpiadora que, con algún disolvente, la destruirá incluso de la memoria. Yo tampoco lo recordaré, eso me temo. ¿Seré víctima de la imaginación? ¿Del despertar? Pero debía hacerlo. Lo sentí como una obligación: la de imaginarme un mundo y enseñarlo a los gigantes. Podría ser un primer paso, o al menos un bálsamo para mi conciencia. Ya no tendré ese dolor extremo, esa agonía de estar lejos. Al menos lo he visto. He conseguido codearme con lo real. Cuando me vaya, volverán las aguas a su cauce y me quedará solamente el dolor sordo de un recuerdo. Al menos habré tenido un momento; ese anonimato de esta gran sala habrá sido traspasado. Podré regodearme, sentirlo, que a pesar de mi pequeñez observé a lo lejos y dibujé con mi cuerpo.

Salto a la pared, bajo sin mirar la altura. Tardo menos de lo esperado. El suelo me espera, duro pero fiable. Las mujeres se levantan de sus mesas. Tengo cuidado, marchando cerca de las paredes, de que no me pisen. Me espero a ser la última. Me dirijo a la mesa de los pasteles. Aparto el letrero que dice «cómeme». Engullo el trozo de tarta de queso en el que estaba ensartado, poco a poco, paso a paso. Recobro mi volumen. Ya puedo codearme con los demás en el mundo de la mentira, pero no quiero. Sigo mi camino sobre la acera, intentando esquivar cuerpos y miradas. Vuelvo a casa, otro día más de trabajo. El mañana tendrá obstáculos nuevos y los mismos de todos los días. Ahora, la acera gris, la cama pequeña, el cuarto oscuro, la nada, la opresión. Sobre la mesa, pintada no sé por cuánto tiempo, una llamada de auxilio, una luz roja desde el fondo en el que me hayo. Camino conmigo: herida, ausente, insípida. No sé si entre sueños irreales o un despertar que me muestra lo mismo para asustarme y hacerme saber que no podré escapar. Converso con las imágenes de los escaparates. Mis zapatos aún manchan de vez en cuando la acera, como si dejara marcas a alguien que quisiera seguir mi camino. Esperaré sentada en mi cama, mirando desde la luz blanca al poco espacio que abarca la ventana sucia, y soñaré de nuevo con la realidad, sola como lo hice siempre… esperando gritar, esperando auxilio, de momento callada, atrapada en los pensamientos recurrentes. El cielo no existe. Nadie mira desde allí arriba. Somos demasiadas aquí abajo… en este pozo profundo.

Índice